오래 봐야 보이는 것들

최성현 에세이

오래 봐야 보이는 것들

인디북

1

10대부터 나는 하늘에 물었다.

어떻게 살아야 하나요?

하늘은 대답하지 않았다.

5년, 10년을 되물어도 하늘은 답이 없었다.

20년 이상이 지났을 때

하늘은 대답 대신 나를 산골로 보냈다.

산골로 보내 그곳에서 농사를 지으며 살게 했다.

나는 벼와 콩과 감자와 옥수수를 심고 거두며

농협을 통해 채소를 내다 팔며

하늘에 물었다

이렇게 살면 되나요?

그때도 하늘은 입을 열지 않았다.

10년이 다시 가고,

다시 10년이 갔다.

그리고 거기서 다시 여러 해가 갔던 어느 날

보기 안타까웠는지, 논이 말했다.

이봐, 하늘에는 입이 없어.

옆에서 밭이 거들었다.

입이 없지만 늘 말했어.

나는 놀라 물었다.

무슨 소리야?

네가 듣지 못했을 뿐이라는 거야.

다시 밭이 받았다.

논의 말이 맞아.

하늘은 늘 다 보여 줬어.

한 번도 감춘 적이 없어.

나는 그때서야 알아듣고 외쳤다.

그럼 보이는 게 다 하늘의 대답이었단 말이지!

밭과 논이 함께 웃었다.

하하하, 이제야 알아들었나 보군!

그 뒤로 나는 하느님을 볼 수 있게 되었다. 만질 수 있고, 이야기를 나눌 수 있게 됐다. 마음만 먹으면 언제든지.

어떻게 그럴 수 있나?

사람들은 하느님이 하늘에 있는 줄 알지만 아니다. 어디 다른 데 있는 게 아니라 우리가 보는 모든 것이 하느님이다. 그러므로 나는 언제든지 하느님을 볼 수 있고, 만질 수 있다.

예를 들면 바다와 오징어의 관계와 같다. 오징어는 바다를 볼 수 있다. 언제나 볼 수 있다. 동시에 오징어는 바다를 볼 수 없다. 그가 볼 수 있는 건 바다의 일부분, 그것도 아주 작은 일부분뿐이기 때문이다. 그래서 오징어는 외친다. "이건 물일 뿐이야. 바다일 리 없어."

세상 사람들은 모두 하느님이 하늘에 있는 줄 안다. 나 또한 오래 그런 줄 알았다. 그런 줄 알고 벌레를 죽였고, 강을 더럽혔다. 이웃과 다퉜고, 독극물을 땅에 버렸다. 그것이 하느님에게 하는 짓인 줄 몰랐다.

오징어에게 바다는 심술궂다. 풍랑이 치고, 상어와 고래가 있다. 그뿐인가. 오징어잡이 어선도 있다. 바다가 안 보인다. 그래서 오징어는 외친다. "개뿔, 하느님은 무슨 하느님!" 이런 이유로 사람들은 하느님을 잃어버렸다. 누구에게나 그렇다.

풍랑과 어선 혹은 고래나 상어가 가로막고 있다. 그러므로 바다는 멀리, 아주 멀리 물러나야 보인다. 눈을 감아야, 그것도 아주 오래 감아야 보인다. 10년 혹은 20년.

그렇게 눈을 감으며, 물러서며 본 하느님을 나는 이 책에 옮겨 적었다. 심술궂은 겉모습 뒤에 숨어 있는 하느님의 진짜 모습을 찾아내어 옮겨 적었다.

쉽지 않았다. 나 또한 풍랑과 상어에 가려 하느님을 원망하는 일이 많았다. 하느님을 때렸고, 더럽혔다. 욕도 했다. 풍랑이 바다인 줄 알기는 참 어렵다. 상어와 고래, 그 두 놈 또한 바다인 줄 알기는 더욱 어렵다.

하느님은 정말 크고, 나는 아주 작다. 하느님은 바다고, 나는 새우다. 아니, 플랑크톤이다. 그러므로 눈으로 직접 보며 옮겨 적었다 해도 장님이 코끼리의 코를 만지는 것과 다를 바 없다.

하느님이라는 말은 물론 천주교에서 왔다. 하지만 내가 하느님이라고 할 때 그 하느님은 이 세상이다. 우주이고, 대자연이다. 천지만물이다. 그러므로 하느님이 아니라 하나님이거나 한울님 혹은 천주님이라 해도 관계없다. 뭐라 불러도 괜찮다. 이름이 다를 뿐이다. 그런데도 하느님이란 이름을 굳이 택한 까닭은 글로 쓸 때는 그중 하나를 골라야 하고, 또 개인적인 일로 한 차례 천주교에 크게 신세진 일이 있기 때문이다. 그러므로 이 책을 읽는 사람들은 부디 하느님이라는 말에 걸리지 마시길.

3

어느 날 보니 이게 웬일? 꽤 많은 액수의 돈이 통장에 들어와 있었다. 보낸 이에게 전화를 했다. 그는 대답했다. 우리 출판사에서 당신의 책을 내고 싶다, 무슨 글이든 좋다, 당신의 글이면 된다. 그 마음이 고마워 《시코쿠를 걷다》 이후 5년에 걸쳐 거두어 창고에 넣어 두었던 수백 개의 수확물 중에서 쭉정이는 다 빼고 알곡으로만 골랐다. 모두 마흔세 덩이였다.

그것들을 가마니에 담는 일은 편집자가 했다. 옆에서 가마니를 잡아 주며 나는 기뻤다. 그가 내가 거둔 열매를 마음에 들어 하며 솜씨 좋게, 그리고 정성껏 담았기 때문이다. 그런 편집자를 만나기는 쉽지 않다. 감사한 일이다.

한겨울이다. 한 해가 저물어 간다.

2천 년 이상을 살고도 인류는 여전히 어리석다. 지구 어디를 보나 같다. 벌레와 개와 소와 나무에게 부끄럽다. 미래가 안 보인다. 남 얘기 할 거 없다. 나도 그중 하나다. 가장 안 좋은 하나다. 말 그대로 천상천하유아독악(天上天下唯我獨惡)이다.

겨울

최성현

차 례

오래 보아야 보이는 것이 있다. 오래 알아봐야 하는, 그런 시간을 보내지 않고는 알 수 없는 일이 세상에는 많다. 들인 시간만큼 알게 되고, 사랑하게 된다.

1

당신이 웃네, 꽃이 피네

🚐 사모아의
버스

1

아는 이로부터 책 한 권을 받았다. 잊을 수 없는 이야기 한 편을 나는 그 책 《Great spirit의 가르침 「グレート・スピリット」の教え》에 서 만났다.

지은이의 지인 중에는 전 세계로 배낭여행을 다니는 이가 있었다. 이미 세계 70여 개국을 여행했다는 그에게 지은이가 물었다.

"이제까지 가 본 나라 가운데 어디가 가장 좋았어?"

"그런 질문을 자주 받아. 하지만 대답을 나는 못해. 나라

마다 가진 매력이 달라 비교할 수가 없거든."

이렇게 말하며 배낭여행자는 웃었다.

"자, 그럼 다시 물을게. 내가 만약 여행을 떠난다면 권할
만한 나라는 있어?"

이번에는 망설이지 않고 대답했다.

"그건 사모아야."

뜻밖이었다. 왜일까?

"따뜻함 때문이야. 사모아는 참으로 따뜻한 나라야. 날씨
가 따뜻하다는 뜻만은 물론 아니지."

이 말을 시작으로 그 배낭여행자는 사모아에 대해 긴 이
야기를 시작했다.

2

사모아는 남태평양에 있는 섬나라야. 두 개의 섬으로 이루어
져 있지. 하나는 우폴루라는 섬이고, 다른 하나는 사바이라
는 섬이야. 인구는 두 섬을 합쳐도 20만이 채 안 돼.

우리처럼 사모아에서도 앉을 때는 책상다리를 하고 앉아.
사모아 정부에서 발행한 여행안내 책자에는, 어른이 앉기 전
에 젊은 사람이 먼저 앉아서는 안 된다고 나와 있어. 그래서

사모아 사람들은 완고한 줄 알았는데 그렇지 않았어. 시원시원했고, 사람을 반겼어.

내 여행의 백미는 그 나라의 버스였어. 그 버스에서 운 적이 있거든. 슬퍼서가 아니었어. 감동해서 그랬어. 듣고 싶지, 내가 왜 울었는지?

사모아에서는 재미있게도 버스를 '심부름꾼'이라고 불러. 왜냐하면 마을 사람들이 해야 할 일을 버스 운전사가 대신해 주기 때문이지. 마을에도 가게가 있지만 구멍가게 정도라서 거기 없는 것은 수도인 아피아까지 나가 사 와야 하는데, 그때 마을 사람들은 그 일을 버스 운전사에게 맡기는 거지.

부탁한 물건을 사서 마을 사람들에게 돌려주는 운전사의 방식도 재미있었어. 버스가 마을로 접어들면 사람들이 미리 알고 나와 기다리고 있어. 사모아의 집들은 벽이 허술해서 집 안에서도 바깥이 다 보이게 돼 있거든. 그렇게 미리 알고 나오는 사람도 있지만 다 그런 건 아니야. 그런 집 물건은 나온 사람들에게 맡기는데, 서로 얼굴을 아는 사이들이라 길게 세상 이야기를 주고받는 일도 있어. 그래도 누구 하나 빨리 가자고 재촉을 하지 않아. 다들 태평하게 기다리지. 그뿐이 아니야. 승객이 운전사와 마을 사람의 이야기에 끼어드는 일도 있어. 그렇게 되면 버스가 멈춰 있는 시간은 더욱 길어지지.

참으로 한가한 사람들이었어.

운전사는 때로 손님들과 장난을 치기도 해. 버스를 기다리는 사람이 아는 사람이면 장난을 걸지. 못 본 척하고 그냥 지나가서 저만큼 앞에 차를 세우는 거야. 그러면 그 사람은 하는 수 없이 버스를 잡으러 뛰어야 할 거 아니야. 그렇게 하면서도 그 사람은 버스를 못 타는데, 차가 다시 달아나기 때문이야. 따라오면 달아나고, 따라오면 다시 달아나는 이 짓을 몇 번이고 반복해. 그렇다고 버스를 타려는 사람이 화를 내느냐 하면 그렇지 않아. 운전사와 승객은 물론 그 사람도 큰 소리로 웃으며 그 장난을 즐기는 거야. 그렇게 하며 모두 얼마나 즐거워하는지 그걸 보고 있는 나까지 나중에는 웃지 않을 수가 없었다니까! 아이가 따로 없었어.

거기도 버스 정류장이 있기는 있어. 시간표도 붙어 있지 않은 그 정류장에서 버스가 출발하기를 기다리며 보았어. 노인이나 나이가 든 사람이 타면 젊은이들이 바로 일어나. 물론 그 정도야 별거 아니지. 어느 나라에서나 볼 수 있는 풍경이니까. 놀라운 일은 그 뒤에 일어났어. 자리를 양보한 사람은 통로에 서는 것이 우리들의 상식인데 사모아에서는 그렇게 하지 않았어. 앉아 있는 사람의 무릎에 앉는 거 있지! 물론 노인의 무릎은 아니었어. 자기가 앉아도 크게 부담이 안 될 만한 사람의 무릎에 앉는 거지. 그런 일이 차가 출발할 때까지 계속 이어졌어. 통로 쪽이 다 차면 창 쪽까지 이어지며……. 여자가 남자 무릎 위에 앉기도 했고, 3중으로 앉는 경우도 있었어. 그럼, 내 무릎에도 앉았지. 내 무릎에는 한 초등학교 여학생이 와서 앉았어. 고맙게도 그 아이는 내가 외국인인 걸 꺼리지 않았어. 내 무릎에 앉아 금방 졸기 시작했거든. 하하, 처음 보는 사람 무릎에 앉아 바로 잠이 들다니. 곤히 잠이 든 아이의 얼굴이 얼마나 귀여웠는지 몰라. 아주 큰 선물을 받은 느낌이었어. 참으로 흐뭇했지.

그러다가 드디어 버스가 출발했는데, 얼마 못 가서 버스가 섰어. 버스가 서고 승객이 반쯤이나 내려 무슨 일인가 봤더니 그곳에 큰 슈퍼마켓이 있었어. 그리로 물건을 사러 가는 것이었어. 노인들은 남고 가는 것은 대개 젊은이들이었어. 노인들은 살 것이 있어도 젊은이들에게 부탁을 하고 그냥 버스에 남았어. 나갔던 사람들은 필요한 물건 외에도 버스를 타고 가며 먹을 과자와 음료수 따위도 사들고 왔어. 그럴 줄 알았으면 나도 내려 뭘 좀 사올 걸 하는 생각을 하고 있는데, 사모아 사람들은 그런 나를 외톨이로 두지 않았어. 여기저기서 과자가 넘어왔어. 봉지째 돌리는 방식이야. 혼자 먹는 게 아니고 버스에 탄 사람 모두와 나눠 먹는 방식이라고나 할까.

더 이상 자리가 없을 만큼 사람들로 버스 안이 가득 찼을 때도 탈 사람이 있으면 승객들은 불평 한 마디 없이 자리를 만들어 냈어. 그럴 수밖에 없는 것이 버스가 하루 세 차례밖에 안 다니거든.

어느 마을에선가는 갓 낳은 듯해 보이는 쌍둥이를 품에 안은 부인이 버스를 기다리고 있었어. 남편은 커다란 가방을 들고 있었고. 그 모습을 보는 순간, 나는 저 가족이 어떻게 버스를 탈 수 있을지 걱정을 하지 않을 수 없었어. 그만큼 버스 안은 사람들로 가득 차 있었거든. 하지만 괜한 걱정이었어. 차가 멈춰 서자 젊은이 셋이 뛰어내리는 게 보였어. 그 가족을 태우고 다시 타려는 줄 알았는데 그게 아니었어. 그 청년들이 남자의 가방을 받아 들고 버스 뒤로 가서 지붕에 줄로 묶어 놓는 거 있지! 물론 그들은 버스 안내원도 아니었고 조수도 아니었지.

그건 그렇고, 두 갓난아이들은 어떻게 됐을 것 같아? 아이를 안은 부인이 내가 앉은 쪽으로 걸어왔어. 어리둥절했지. 문은 앞쪽에 있었거든. 그때, 나로서는 상상도 못할 일이 벌어졌어. 그 부인이 창문을 통해 두 아이 중 한 아이를 내 뒤에 앉아 있던 처녀에게 넘겨주는 거야. 서로 아는 사이도 아닌 듯이 보이던데 말이야.

남은 한 아이는 안고 타는 것 같았는데, 사람에 가려 볼 수 없었어. 버스가 출발하고 얼마 뒤였어. 뒤에서 자장가 소리가 들려왔어. 아이를 안고 있는 그 처녀였지. 돌아다보는 나와 눈이 마주치자 그 처녀는 활짝 웃으며 아이를 들어 보여 주었어. 아이는 깊이 잠들어 있었어.

그리고 얼마 뒤였어. 앞쪽에부터 사람들이 머리 위로 뭔가를 뒤로 넘기고 있었어. 기절할 뻔했어. 남은 한 아이를 그렇게 하고 있었거든. 목표점은 내 앞에 앉은 한 할머니였나 봐. 그 할머니가 받아 안았어. 옆 사람이 얼른 자신의 상의를 벗어서 아이에게 덮어 주는 것도 보였어. 그 버스에는 창에 유리가 없었거든.

아이들의 아빠와 엄마는 어디 있는지 보이지도 않았지. 그래도 걱정할 필요가 없었어. 모든 사람이 아이를 보살피고 있었으니까. 앞에 앉은 할머니는 오래 아이를 안고 있지는 못했어. 체력이 따라 주지 못했나 봐. 잠시 뒤 아이를 다른 이에게 넘긴 뒤 그 할머니는 고개를 끄떡이며 졸기 시작했어.

그렇게 버스 안의 모든 사람이 기꺼이 아이를 돌보는 것을 보고 있자니 갑자기 눈물이 났어. 사람들에게 조금 부끄럽기도 했지만 정말 그때 나는 그 광경 앞에서 감격하지 않을 수 없었어. 그때 알았지. 아, 이 나라 사람은 참 따뜻하구나. 따뜻함이란 참으로 좋은 것이로구나, 하고 말이야.

3

어렸을 때가 생각난다. 내가 태어나고 자란 강원도 산골 마을에서는 마을 전체가 놀이터였다. 마을 어른들의 보살핌 속에서 우리는 온 마을을 놀이터로 삼아 마음껏 뛰어 놀았다. 네 애 내 애가 따로 없었다. 누구든 가까이 있는 사람이 아이들을 돌봤다. 그렇다고 붙어 있는 것은 아니었다. 일을 하며 멀리서 지켜보는 정도였다. 놀다가 졸리면 아무 집에서나 잤고, 배가 고프면 가까운 집에 가서 함께 먹었다.

높은 눈
낮은 손

1

수녀님 한 분이 생각난다.

오래전의 일이다. 그때 나는 깊은 산속에서 홀로 살고 있었다. 나를 찾아온 그 수녀님은 눈에 띄는 대로 쉬지 않고 일했다. 우리 집에 머문 2박 3일 동안 잠시도 그냥 있지 않았다. 톱질을 부탁했더니 하루 종일 그 일을 했고, 부엌에서도 설거지만 하고 마는 게 아니었다. 부엌 구석구석을 쓸고 닦았다. 그 덕분에 가스레인지가 거울처럼 빛났다. 찬장도 모처럼 먼지를 털어 낸 모습이었다. 그 수녀님이 쓰시던 방은 거미줄, 먼지, 묵은 때 따위로부터 벗어났다.

"이불을 빨고 싶은데, 아쉽게도 시간이 안 되네요."

이불 가운데는 가끔 빤 것이 있는가 하면 오래 빨지 않은 것도 있다. 쉽게 빨 수 없는 것일수록 오래 빨지 않았다. 베개는 때맞춰 빨아 놓았지만 낡아서 새로 빤 것처럼 보이지 않았다. 이불도 어떤 것은 때가 절어 빨아도 깨끗해 보이지 않았다. 어쨌거나 그런 이불을 보고 빨겠다고 나서는 그 수녀님의 생각이 놀라웠다. 한두 채도 아닌.

대신 수녀님은 일할 때 쓰는 작업용 목장갑을 빨았다. 그동안 쓰고 빨지 않고 둔 장갑이 전에 살던 이의 것까지 합쳐서 한 박스에 가까웠다. 그것을 수녀님은 싫거나 나무라는 내색 하나 내지 않고 즐겁게 빨아 널었다.

2

앞에서도 말했지만, 그 수녀님은 우리 집에 2박 3일간 머물렀다. 우리는 많은 이야기를 나눴다.

수녀님은 내게 물었다.

"파스토랄 케어라는 말 알아요?"

케어라는 말은 알고 있었지만 파스토랄이라니? 처음 듣는 낯말이었다.

"파스토랄pastoral은 성경에서 따온 말이에요. '양치기'를 뜻하는 말인데, 아시죠? 아흔아홉 마리의 양을 두고 길 잃은 한 마리 양을 찾으라는. 파스토랄 케어는 길 잃은 양 한 마리처럼 처지가 어려운 사람을 돕는, 예를 들어 정신이나 인간관계의 문제로 고통을 받고 있는 사람들을 돕는 행위를 이르는 말이에요."

미국에는 그런 병원이 있다고 했다. 환자가 겪는 고통은 육체적 고통만이 아니다. 사회적인 고통도 있고, 정신적인 고통도 있다. 그중 병원이 도와줄 수 있는 것은 육체적 고통 하나뿐인데, 사회적 고통이란 환자가 겪는 인간관계상의 고통을 말한다. 예를 들면 환자는 치료 비용, 간병 등의 문제로 가족과 갈등을 겪거나 심리적 부담감을 느낀다. 정신적인 고통은 말 그대로 심리상의 문제로 겪는 갈등인데, 사람마다 가지가지다. 그렇게 인간관계, 그리고 정신적인 일들로 고통을 겪고 있는 환자를 돕는 사람을 미국에서는 병원에 두고 있다고 했다. 기존의 병원과 의사가 못하는 일들을 그들이 맡고 있다고 했다.

"1년 동안 교육을 받았어요, CPE라는. Clinical pastoral education이라고 하는데, 거기서 무엇을 배우느냐 하면 듣기랍니다."

"듣기요?"

"네, 그래요. 듣기라는 말보다 경청이라고 해야 할 거예요. 그 말이 가장 가까워요."

한나절 수업을 받고, 한나절은 실습이다. 뭘 실습하는가 하면 병원에 가서 환자와 함께 있는 연습이다. 함께 있으면서 환자의 말을 듣는 연습을 하는데, 그런 거라면 연습이 필요 없지 않은가?

"그렇지 않아요. 듣기만 해야 하거든요. 안이한 격려의 말이나 조언은 금지랍니다. 그런데 그게 의외로 어려워요. 남의 일이므로 이러쿵저러쿵 내 의견을 말하기 쉬운데, 그게 금지돼 있으니까요. 하고 싶은 말이 있어도 참고 듣기만 해야 하니까요. 그렇다고 해서 소홀히 들어서는 안 되고 정성을 다해 들어야 하니까요."

"정성을 다해 듣는다는 게 뭔가요?"

"제 식으로 표현하면 그건 '듣는 기도'랍니다."

"듣는 기도요?"

"내 대신 하느님이 일을 하시리라 믿는 거지요. 저는 다만 그분이, 환자분이 말을 하시도록 앞에 앉아 있는 거지요. 앉아서 그분의 생각, 바람, 고통에 대해 듣지요."

"그냥 듣기만 해요?"

"그건 아니에요. 신뢰감을 줘야 하거든요. 아, 이 사람이 나를 알아주는구나, 하는 신뢰감이 들게 들어야 돼요. 그래서 맞장구도 치고, 불분명한 말에는 질문도 하고 해야 돼요. 진심을 다해야 돼요."

"역시, 그렇구나!"

수녀님이 웃었다.

"언디바이디드 어텐션undivided attention, 그게 필요해요. 상대방의 말을 한눈팔지 않고 듣는, 주의 깊게 하나가 돼서 듣는 그런 집중. 그렇게 집중해서 자기 이야기를 들어 주는 사람 앞에서 자기 생각, 고통을 말하다 보면 환자는 마음이 편안해져요. 생각이 정리되고, 살아갈 힘이 생겨요."

"정말이요?"

"예를 하나 들어 볼까요? 70대 할머니 한 분이 있었어요. 그분은 말기 암 환자였어요. 죽을 날을 기다리는 분이었지요. 제가 처음 그 할머니를 만났을 때 그 할머니는 늘 먹장구름이 낀 것처럼 표정이 어두웠어요. 암 때문만이 아니었어요. 그 할머니는 자기 어머니가 남동생만 사랑하고 자신은 미워했다고, 업신여기기만 했다며 어머니를 원망하고 있었어요. 벌써 전에 돌아가시어 이 세상에 없는 어머니를.

좀 심했어요. 그 할머니는 어머니 얘기만 했거든요. 그래요. 이 세상에 없는 엄마를 그 할머니는 자꾸 원망하고 있었어요. 그런데 여러 날 어머니 이야기를 제게 하는 중에 그 할머니는 알게 됐어요. 이 이야기 저 이야기를 하는 중에 어머니가 자신에게 해 준 것도 있다는 걸 알게 됐어요. 그런 일도 적지 않다는 걸. 자신도 사랑을 받았다는 걸 알게 됐어요. 그렇게 이야기를 하는 과정에서 남동생에 가려 못 보던 어머니의 사랑을 본 거지요. 그래서 어떻게 됐냐 하면 그 할머니는 어머니와의 관계를 회복했어요. 원망하던 마음이 감사하는 마음으로 바뀌었지요. 그런 과정을 통해 그 할머니는 정말 편안하게, 환한 얼굴로 이 세상을 떠났어요."

"수녀님의 듣기가, 그 할머니가 자신의 어머니를 새롭게, 바로 보게끔 도왔군요?"

"그래요. 많은 사람들이 과거를 그렇게 기억해요. 한두 번 잘못한 일이 있으면 열 번 잘한 것을 잊고 그 사람을 나쁘게 기억하는, 원망하고 미워하는 경향이 있어요. 안 좋았던 그 한두 가지만 기억하는 거지요."

"열 번 잘한 것은 보지 않고?"

"안 봐요. 서운했던 것만 기억하고 있어요. 그런데 들어 줄 사람이 있으면 이야기를 하다가 알게 됩니다. 섭섭한 마음, 원망하는 마음에 가려져 있던 잘한 일들이, 감사한 일들이."

"그래서 듣기만 해야 한다는 거군요?"

"그래요. 충고나 도덕적인 말은 오히려 방해만 될 뿐이지요."

"그래서 '듣는 기도'군요!"

"그런 자세라야 입을 다물고 들을 수 있어요. 듣기만 하기란 쉽지 않아요, 막상 해 보면."

"아울러 하느님이 나머지는 알아서 하시리라는 믿음도……?"

수녀님이 웃었다.

"맞아요. 그것이 짝이 돼야 해요. 아니, 그것이 바탕이지요. 하느님이 알아서 하시리라는 믿음이."

3

안고수비眼高手卑, 그 수녀님이 떠난 자리에 남은 사자성어였다.

그 수녀님의 허드렛일이 빛났던 것은 그분이 했던 자기 수련의 날들과 무관하지 않다. 휴대폰으로 걸려온 전화를 받았을 때 수녀님이 썼던 영어는 부러울 정도로 고급 수준이었다. 그리고 수녀로 산다는 자체가 안목을 높이는 안고의 나날 아닌가.

수녀란 평생을 수행자로 살겠다는 사람들이 택하는 삶의 길이 아닌가. 이런 안고가 있어 그 수녀님의 수비는 더 빛났다. 아울러 수비, 곧 막일도 마다하지 않는 데서 그 수녀님의 인품은 더욱 높이 올라갔다.

《성자가 된 청소부》라는 소설이 있다. 제목 그대로다. 인도의 가난한 한 청소부가 이러저러한 일들을 겪으며 만인의 존경을 받는 성자로 변모돼 가는 내용이다.

그 소설을 읽으며 나는 '청소부가 된 성자'라는 소설을 써 보고 싶다는 생각을 했다.

성자가 되면 다 스승으로 산다. 그것으로 좋지만 새로운 성자를 나는 보고 싶었다. 그중의 하나가 청소부로 사는 성자였다.

성자 티가 전혀 안 나는, 보통 사람의 옷을 입고, 혹은 하인들이 입는 옷을 입고 마을이나 도시 한 구석을 청소하고 있는 사람. 한 손에는 빗자루를 들고, 한 손에는 쓰레기 봉지를 든 사람. '청소부가 된 성자'에서 나는 그런 사람을 그려 보고 싶었다.

그 꿈을 하느님이 보셨나? 그 꿈을 이루라고 수녀님을 보냈나? 그렇지 않고서야 수녀님이 우리 집에 오실 리 없지 않은가? 우리 집에서 그 수녀님이 보여 준 모습은 청소부가 아니었나!

　청소부가 된 성자는 틀림없이 듣기만 할 거 같다. 건성으로 듣지 않고 누구를 만나든지 하나가 돼서 들을 것 같다. 아무도 자기 말을 들어 줄 사람이 없어 외롭고 힘든 사람이 그를 찾아오리라. 그러면 그는 다리 아래 그늘 같은 곳에 신문지를 깔고 앉아 언디바이디드 어텐션 상태에서 그의 말을 들을 것이고, 그 과정에서 그를 찾아온 사람은 평화를 얻으리라.

 도사와
지사

1

니코스 카잔차키스의 소설 《그리스인 조르바》에는 재미난
한 영감의 이야기가 나온다.

《그리스인 조르바》에서 화자로 나오는 '나'의 외할아버지인
그 영감은 날이면 날마다 해가 저물면 등불을 들고 다니며
자신의 섬에 갓 도착한 나그네를 찾는다. 어딘가에서 그런 나
그네를 찾으면 화자의 외할아버지는 그를 자신의 집으로 데
려와 밥과 술을 대접한 뒤 지엄한 분부를 내린다.

"자, 이제부터 이야기를 해 보게."

"갑자기 이야기라니요?"

"자네가 살아온 이야기를 해 보라는 거야. 보고 듣고 겪은 일을. 자네가 산 곳, 자네가 만난 사람들의 이야기를 죄다 해 보라는 거야."

이야기를 들어 보고 나그네가 마음에 들면 외할아버지는 이렇게 말한다.

"내일 하루 더 묵어가게. 그냥 가서는 안 되네. 난 자네에게 더 듣고 싶은 이야기가 아직 많다네."

그 할아버지는 자신이 사는 크레타 섬을 떠나 본 적이 없다. 그럴 필요가 없었다. 그 까닭은 단순했다.

"무엇하러 고생을 하며 다녀? 내가 가지 않아도 온 세상이 내게 오는데."

어떻게 오나? 사람을 통해 온다. 한국은 한국 사람을 통해 오고, 에티오피아는 에티오피아 사람을 통해서 온다.

'나'는 조르바에게 외친다. "이야기하세요."

'나'는 조르바의 말을 듣는다. 조르바는 '나'보다 나이가 많다. 그만큼 본 것이 많다. 조르바가 이야기를 시작하면 '마케도니아 전체가, 산이, 숲이, 냇물이, 코미타지 게릴라가, 부지런한 여자들과 건강한 사내들이 그와 나 사이의 좁은 공간에 가득히 펼쳐진다. 스물한 개의 수도원과 더불어 하토스 산이 나타나고, 무기 창고가 나타나고, 엉덩이가 펑퍼짐한 그 지방 게으름뱅이도 나타난다.

'밤마다 조르바는 그런 식으로 나를 그리스, 불가리아, 콘스탄티노플 구석구석으로 데려다준다.'

2

어떤 길을 걸어왔든 제 나이만큼 사람들은 자기만의 경험을 하며 산다. 배가 고프지 않고 시간이 있고 누군가가 듣고자 하면 할 이야기가 있는 것이다. 이때 듣는 자가 중요하다. 듣는 자가 누구냐에 따라서 말하는 자가 달라지기 때문이다.

듣는 자는 성의 있게 들어야 하고, 적절하게 질문을 해야 한다. 질문은 말하는 자의 뇌 속에 채널을 잇는 일과도 같다. 질문에 따라 같은 사람에게서 다른 정보가 흘러나오는 것은 그런 이유 때문이다.

밥상 앞에서 식욕이 필요한 것처럼 손님이 있으면 호기심이 일어나야 한다. 알고 싶은 마음이, 파헤쳐 보고 싶은 마음이 들지 않으면 손님은 밥이나 먹고 똥이나 싸 놓고 가는 길밖에 없다.

조르바의 눈은 동태눈이 아니다. '늘 경이로 반짝이는', '다른 사람들은 예사로 보아 넘기는 사실들도 조르바 앞에서는 무서운 수수께끼로 떠오른다.' 그런 눈을 잃지 않고 있어야 한다.

곁을 지나가는 여자를, 새로울 것이 조금도 없어 보이는 여자를 보고도 조르바는 그냥 넘기는 법이 없다.

"대체 저 신비의 정체는 무엇일까요? 여자란 무엇인가요?"

조르바는 '남자, 나무, 냉수 한 컵을 보고도 똑같이 놀라며 자신에게 묻는다. 조르바는 모든 사물을 매일 처음 보는 듯이 대하는 것이다.'

조르바와 같은 눈을 갖는다면 손님은 한 권의 책이다. 아니, 한 질의 장편 대하소설이다. 하룻밤 갖고는 어림도 없다. 화자의 외할아버지 식으로 한다면 이렇게 말해야 한다. "한 열흘 묵어가소."

손님은 책으로 치면 소설이다. 주인은 그 책을 읽다 말 수도 있고, 여기저기 건너뛰며 읽거나 정독을 할 수도 있다. 어떤 부분은 다시 읽고 싶어지기도 할 것이다. 주인에 따라 단행본이 되기도 하고, 대하소설이 되기도 한다.

주인이 술을 내놓느냐 차를 내놓느냐에 따라 소설의 서술 방식이 달라지기도 한다. 술은 소설에 열기를 불러오고, 차는 차분함을 가져온다. 그러므로 뜨거운 것을 좋아하는 사람은 술을, 고요함을 좋아하는 사람은 차를 내놓는 게 좋다.

혹은 차 뒤에 술, 술 뒤에 차, 이렇게 차와 술을 바꿔 내놓음으로써 한 소설에서 두 세계를 함께 즐기는 길도 있다.

소설의 색채는 주인이 결정한다. 막무가내로 제 이야기만을 하는 소설도 있지만, 그런 소설조차 읽는 이의 관심에 영향을 받는다. 읽는 이가 물으면 대답을 해야 하기 때문인데, 주인의 질문에 따라 장르가 달라진다. 종교 소설이 되기도, 과학 소설이 되기도, 동화가 되기도, 물론 소설이랄 수 없는, 시시껄렁한, 쓰다 만 것과 같은 종잡을 수 없는 물건이 되기도 한다.

그렇다. 주인이 중요하다. 소설의 반은 주인이 만들기 때문이다. 좋은 소설을 읽으려면 주인도 노력을 해야 한다. 차, 술, 과자, 과일 따위가 접시에서 비지 않게 해야 하고, 무엇보다도 소설에 집중해야 한다. 책 제목, 표지 디자인, 첫 인상, 가격 같은 것과 상관없이 이 세상 최고의 책으로 보아야 한다. 그런 바탕 위에서 소설에 집중해야 한다. 두 번 다시 오지 않는 시간을 사는 것처럼.

3

《명심보감》을 읽다가 만난 글이다.

'손님이 오지 않으면 집안이 저속해지고 시서, 곧《시경》과 《서경》을 읽지 않으면 자손이 어리석어지느니라.'

손님이 오지 않으면 집안이 저속해진다고? 왜 그럴까? 그 걸 일러준 손님이 있었다. 그는 흰 고무신을 신고, 개량 한복을 입고 왔다.

어디 사느냐고 묻는 내 질문에 그는 이렇게 대답했다.

"집이 없어요."

그래도 어딘가 거처가 있을 것 아닌가?

"남원에 베이스캠프 같은 곳이 있기는 있어요. 하지만 늘 떠돌아다닙니다."

더 자세히 들으니 이해가 갔다. 그는 '마을 조사'라는 일을 하고 있었다. 관 혹은 마을의 의뢰를 받고 그 지역의 문화, 역사, 인물, 자연 등을 조사하고, 그 마을의 앞날을 위한 정책이랄까, 아이디어 따위를 제시하는 일을 하고 있었다. 그 일에는 조사에서 정리까지 최소 석 달이 걸린다 했다.

그는 떠돌며 사는 지식인, 곧 도사道士였다. 많이 본 자만이 얻을 수 있는 박학함이 그에게 있었다. 세상은 내 생각보다 아주 넓었다. 그것이 그와 대화를 하면 할수록 분명해졌다.

그는 하룻밤을 묵어가며, 그 다음 날 오전에 다음다음 날 할 우리 집 김장 준비를 함께 해 주며 나를 일깨웠다.

"옛날부터 세상은 두 가지 힘에 따라 정화됐어요. 지사와 도사가 그것입니다. 지사는 거기 사는 사람이고, 도사는 손님이지요. 옛날에 눈 밝은 집안에서는 그래서 도사를 반겼어요. 그런 이를 위한 건물이 사랑채입니다. 도사가 오면 한 달씩 묵어가도록 편의를 봐 줬어요. 기꺼이 대접을 했지요. 사랑채에 지내게 두고 자주 불러 이야기를 들었고, 궁금한 것에 대해서는 의견을 구하기도 했어요."

말하자면 오늘날 매스컴 같은 노릇을 도사가 했다 싶었다.

"그렇지요. 옛날에는 신문이나 인터넷이 없었기 때문에 도사가 그 기능을 대신했어요. 도사의 말을 통해 옛 선비들은 자신이 세상의 어디에 처해 있는지 알았지요. 그런 점에서 도사는 세상의 거울과 같은 존재였다고도 할 수 있습니다."

도사의 말은 개인의 수신修身 방법에서 세상 돌아가는 이야기까지 끝이 없는데, 그 모든 것이 집주인에게는 반가운 정보였다.

《명심보감》은 '손님이 오지 않으면 집안이 저속해진다'고 하는데, 정말 그랬다. 망치를 들고 오는 손님이 있다.

최근의 한 손님은 자동차가 없다고 했다. 가난해서가 아니었다. 그는 대학 교수였다.

20년쯤 전에, 개인 자동차 문화가 시작될 때, 너도나도 자

동차를 살 때 나는 그 일을 부끄러운 짓이라고 여겼다. 그때는 그렇게 생각하는 사람들이 제법 있었다. 그런데 지금은 어떤가? 나는 아무렇지 않게 자동차를 몰고 다닌다. 어디를 가든.

그런데 그분에게는 자동차가 없다. 그런 분의 눈에는 나와 우리 집 살림에 얼마나 많은 결함이 보일까? 그 생각을 하면 손에 진땀이 난다.

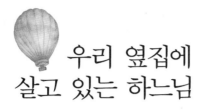

우리 옆집에
살고 있는 하느님

1

예상대로 권정생(아동문학가)이 소개하고 있는 하늘나라는 춥지도 않고 덥지도 않고 배고프지도 않고 아프지도 않았다. 뿐만 아니라 죽자 살자 땀 흘려 일하지 않아도 되고, 학교도 없으니 시험도 안 치르고 숙제도 없고, 이곳저곳 학원에 다니지 않아도 되고, 그러므로 꾸지람하는 엄마도 없고 깡패도 도둑도 없어 참으로 태평했다.

하지만 하느님은 땅 위에서 살고 있는 사람들 걱정으로 하루도 편안한 날이 없었다. 그래서 하느님은 아들 예수와 함께 땅 위에 내려가 보기로 했다. 아무 기적도 일으키지 않기로 스스로 약속을 하고서.

처음에는 예루살렘을 목표로 했지만 우박을 동반한 폭풍우에 휘말려 드는 바람에 하느님과 예수는 경상도의 윤 서방네 수박밭에 떨어지고 말았다. 그곳에서부터 하느님과 아들 예수의 땅 위 생활이 시작됐다. 기적을 부리는 능력을 일절 쓰지 않기로 했기 때문에 그날부터 하느님과 예수는 힘든 나날을 보내야 했다.

땅 위에 와서 하느님과 아들 예수는 어떤 일을 했을까?

□ 배가 고픈 하느님과 아들 예수는 하늘에서 떨어질 때 자신들의 엉덩이에 부딪쳐 깨진 수박을 주인 허락도 얻지 않고 먹고 도망을 쳤다. 그것이 하느님과 아들 예수가 땅 위에 와서 한 첫 번째 일이었다.

□ 그날 밤 하느님과 아들 예수는 강 건너에 있는 윤 씨 노인의 작은 집에서 밥도 얻어먹고 잠자리도 빌렸다. 하느님은 앞으로 어떻게 살아가야 할지 걱정이 돼서 잠을 이루지 못했다.

□ 다음 날 윤 씨 노인의 조카가 찾아와 어제 내린 우박으로 망가진 자기네 수박밭 이야기를 하며 울었다. 그 이야기를 들으며 하느님은 속으로 조카에

게 잘못했다고 빌었을 뿐 솔직하게 자신의 죄를 고백하지 못했다. 우박 피해는 윤 씨 노인의 조카네만이 아니었다. 윤 씨네는 고추밭이 절단이 났다.

□ 윤 씨 노인의 집에서 하느님과 아들 예수는 일주일 동안 꼬박 일을 해 주고 서울 갈 여비를 벌었다.

□ 하느님과 아들 예수는 서울 변두리의 철거민 마을에 자리를 잡았다.

□ 하루는 이웃에 사는 과천댁에 끌려 점쟁이를 찾아갔다. 점쟁이는 하느님에게 '평생 떠돌이 팔자'이고 '입에 풀칠이나 하면 다행'이라고 했다. 그 말을 듣고 돌아와 하느님은 쭈그리고 앉아 울었다.

□ 어느 날 여 전도사를 따라 하느님은 크고 웅장한 교회에 갔다. 쇳소리가 나는 목사님의 설교는 간이 떨어질 듯이 두려웠다.

□ 아들 예수는 날품팔이를 하다가 월급을 받는 청소부로 취직을 했다. 감사 헌금으로 봉투에 5천 원을 넣다가 너무 많다 여기고 천 원짜리 두 장만 넣었다.

□ 철거반 아저씨들이 와서 하느님과 이웃의 천막집을 모두 부수어 버렸다.

□ 여자 아이 하나가 들어와 함께 살게 됐다. 교회에서 나눠 주는 전도지를 받아다 화장지로 쓰는 고아였다.

□ 다시 철거반이 와서 천막집을 부수어 버려 강변에 움막집을 지었다. 강변으로 가는 길에 솜사탕을 사서 먹었다.

□ 과천댁도 움막에서 같이 살게 됐다.

□ 아들 예수는 리어카 장사를 했고, 과천댁은 딸기 장사를 했다.

□ 과천댁의 주선으로 산동네에 지하실 셋방을 얻어 이사했다. 안 가겠다고 버텨도 그냥 가자 속이 탄 하느님은 "공주야, 머리핀을 두고 가면 어떻게 하니?" 하며 따라 나섰다.

□ 지하실 셋방에서 하느님은 감기몸살에 걸려 누웠지만 돈이 없어 병원에 갈 수 없었다. 과천댁이 하는 말처럼 '오기'로 이겨내야 했다.

□ 리어카에다 채소를 담아 팔던 아들 예수가 노점상 단속반에 걸려 경찰서에 갇히게 됐다.

□ 12월 25일은 아들 예수의 생일이었다. 하느님은 아들의 생일잔치를 해 주려고 미역 한 오라기와 갈

치를 한 마리 사 왔다. 과천댁은 그걸 알고 버럭 화
를 냈다. "살기도 힘든데 무슨 생일이야."

생일날에도 아들 예수는 장사하러 갔다. "생일날이
라고 놀고먹을 수 있나요?"

□ 하느님이 아들 예수를 불러 어느 찻집에서 따로
만났다. "이쯤에서 세상을 끝장내 버리면 어떻겠
니?"

하지만 그래서는 억울한 사람도 다 죽는다. 열 살
아래만 살리기로 하면 열한 살, 열두 살짜리는 억울
하다. 산동네, 달동네, 노동자, 농민만 살려 둘까? 하
지만 다른 사람들도 모두 나쁘다고 할 수 없었다.

□ 하느님은 서울을 떠나고 싶었다. 투표를 했다. 3
대 1로 졌다. 하느님은 그만 풀이 죽어 이불을 뒤집
어쓰고 누워 버렸다.

□ 하느님네 산동네에서 봉식이라는 여섯 살짜리
아이가 연탄가스를 마시고 쓰러졌다. 하느님은 그
아이를 안고 병원으로 달려갔다. 하지만 봉식이는
죽었다. 하느님은 기적을 부릴 수도 있었지만 그렇게
하지 않았다.

"제가 옛날에 기적을 보여 준 것이 잘못이었어요.

사람들은 이웃 사랑보다 기적만 바라고 기도하고 있어요."

□ 네 식구가 단풍놀이를 갔다.

□ 땅 위에서 맞는 아들 예수의 세 번째 생일날이었다. 그날 하느님은 말했다.

"얘, 난 여기 더 있고 싶지 않다. 이제 그만 하늘로 올라가자."

"하지만 하늘에서 그냥 보고만 있는 게 괴로워서 이리로 내려오신 게 아니에요?"

"그건 그렇지만, 내려와서 이렇게 산다고 아무런 도움도 되지 않잖니?"

"어머니(과천댁)하고 공주(여자 아이)한테 조금은 도움이 되고 있잖아요?"

□ 하느님은 답답하여 마을 꼭대기로 올라갔다. 산 꼭대기 언덕에 서서 보니 먼지가 자욱하게 쌓인 서울이 보였다.

'예수는 통일이 될 때까지만 참고 여기 있자고 했지. 그런데 통일이 언제 되려나. 나도 어떻게 하면 좋을지 모르겠구나.'

하느님은 혼자 중얼거리며 언제까지나 그곳에 쪼그

리고 앉아 있었다.

밤이 깊어졌다. 하느님은 자리에서 일어섰다.

"애들이 걱정하며 기다릴 테니 어서 돌아가야지."

하느님은 조금 내려가다가 시린 두 손을 입에 대고
호호 불었다.

2

이렇게 이야기는 끝이 난다. 하느님은 아들 예수와 이렇게 약
속했다. 통일이 될 때까지는 한국에 있겠다고. 그런데 아직
남과 북은 통일이 되지 않았다. 그렇다면 하느님과 아들 예
수는 지금도 서울 어디선가 살고 있다는 얘기가 된다.

서울 어디쯤 살고 있을까? 지금은 지하실 셋방에서 벗어
났을까? 하느님과 공주는 별을 볼 수 있는 집에서 살고 싶어
하지 않았나.

"나는 창문이 환한 집에서 살고 싶다. 그래서 밤에는 별님
도 쳐다보고 싶고, 달님도 보고 싶단다."

"할아버지, 나도 그래요. 이층집이나 삼층집이면 그럴 수
있을 거예요."

"그래, 그러면 우리 둘이 쓰는 방은 창문이 큰 것으로 하

자. 그래야 밤마다 창가에 걸상을 놓고 나하고 너하고 나란
히 앉아서 별을 세면서 노래도 부르고……"

자신들이 가진 힘이나 기적을 하나도 쓰지 않기로 약속했
기 때문에 하느님과 아들 예수는 지금도 보통 사람으로 한반
도 어딘가에서 살고 있을 것이 분명하다. 자신들의 신분을
밝히지 않을 것이므로 아무도 그들이 누구인지 알아볼 수
없다.

《하느님이 우리 옆집에 살고 있네요》, 이것이 이 책의 제목
이다.

3

어느 신문에서 나는 하느님을 만났다. 그 신문에서 하느님은
전직 중등 교사로 나왔다. 아흔을 눈앞에 두고 자신을 회상
하는 글이었다. 하느님의 노년이, 노년의 나날이 소개돼 있는
글이었기 때문에 나는 몇 번을 다시 읽었다.

　□ 10시경에 잠자리에 들지만 생각이 많아 금방 잠
　이 오지 않는다.
　□ 인간 만사가 허무하다는 생각이 든다.

□ 교사 모임 중 세상을 떠난 사람이 벌써 반을 넘은 지 오래다.

□ 잠을 푹 못 잔다. 비뇨기 쪽이 약해져서 화장실에 대여섯 번을 다녀야 하고, 좋지 않은 꿈도 자주 꾼다.

□ 네 시면 일어나지만 일어났다기보다 잠에서 쫓겨난 기분이다.

□ 잠든 아내의 얼굴을 보고 있자니 아내와 함께 동시에 죽었으면 좋겠다는 생각이 드는 동시에 내가 아내보다 먼저 죽어야 한다는 생각도 든다.

□ 친구들은 말한다. '자식에게 다 주고 나면 아예 찾아오지도 않는다. 끝까지 갖고 있어라.' 그런 일들도 숙제처럼 남아 나를 지치게 만든다.

□ 며칠 동안 전화기 벨소리가 한 번도 울리지 않았다. 아침을 먹는데 벨소리가 나 허둥지둥 달려가 받아 보지만 잘못 걸려온 전화다.

□ 나만 어려운 것도 아니다. 과학 선생이었던 이는 아들의 사업을 돕다가 거덜이 났다. 그 뒤에는 모임에도 나오지 않는다. 그렇게 소식이 끊겼다.

다른 한 선생은 옷가게를 하는 사위에게 자기 집을

담보로 내어 줬다가 집을 잃었다. 처제가 도와줘서
어렵게 장만한 집이었는데, 라며 나를 찾아와 울던
그도 곤궁하게 살다가 얼마 전에 세상을 떴다.

 인생의
목표

1

버스를 타고 서울에 갈 때면 나는 양덕원이라는 곳에서 동
서울시외버스터미널 행 완행버스를 탄다. 그날도 그랬고, 나
는 50대 남자의 옆자리가 비어 있어서 거기에 앉았다. 그는
나를 위해 그 자리에 놓아두었던 비닐봉지를 자신의 발치
앞으로 옮겨 놓으며 물었다.

"어딜 가세요?"

대화하기를 좋아하는 사람 같아 보였다. 서울에 간다는 내
대답을 듣고 그는 묻지도 않은 자기 말을 하기 시작했다.

"저는 아버지 제사에 가는 길이에요. 오늘이 제사예요. 형

님이 양평에 사세요."

양평까지 간다는 뜻이었다. 어디 사냐고 물어 사는 곳을 말했더니 그도 자기가 사는 곳을 밝혔다. 그는 홍천 읍내에 살고 있었다.

"옛날에는 읍의 중심지였지만 지금은 달라요. 새로운 시가지가 강 건너에 생기며 상권이 그리로 많이 옮겨 갔어요."

같은 지역의 일이라 나도 잘 알고 있었다. 서울처럼 홍천읍도 강남 지역이 약진하고 있었다. 강북 지역이 여러 가지 점에서 일등 자리를 강남 쪽에 많이 빼앗겼다. 학생 수가 가장 많은 초등학교도 강남에 있게 됐고, 거리의 분위기도 강남 쪽이 더 세련돼 보인다. 여러 가지 문화 시설이 들어서며 강남 쪽이 더 살기 좋아졌다.

버스가 용두리 지역을 달릴 때였다. 무슨 일인지 버스는 급하게 멈춰 섰고, 그 바람에 그의 발치에 있던 비닐봉지도 앞으로 밀려갔다. 나는 그가 그 비닐봉지를 꺼내도록 자리에서 일어섰다. 그는 허리를 잔뜩 굽히고 비닐봉지를 꺼내다 다시 발치에 놓았다.

그가 쑥스럽게 웃었다.

"상에 올릴 쇠고기예요. 많이 못 샀어요."

"많아야 하나요, 뭐? 형편 되는 대로 하면 되는 거지요."

"세탁소를 하고 있어요. 30대부터 했으니 오래됐지요. 고생 많이 했지요. 그러다가 40대 후반에 한 스님을 만나며 장님이 눈을 뜬 것과 같은 일이 제게 벌어졌어요."

그의 다음 말을 향해 내 귀가 쫑긋 섰다.

"그 스님을 만나며 인생의 목적이 바뀌었어요. 그 전에는 돈이었지요. 지금은 인격의 완성이고요."

감자인 줄 알았는데 황금이었다. 귀만이 아니라 내 몸 전체의 세포가 그의 다음 말을 기다렸다.

"인격 완성이라면 저처럼 돈 없고, 신분 낮고, 학력 없는 사람이더라도 할 수 있으니까요. 그날 뒤로 제 인생은 잿빛에서 장밋빛으로 바뀌었지요."

그 스님은 나도 아는 스님이었다. 유명한 스님이었다.

"그 스님 만난 뒤로 참 열심히 공부하고 있습니다. 지금처럼 했다면 아마 서울대학에 갔을 겁니다."

그는 그렇게 말하며 하하하, 웃었다.

"어떻게 공부를 하느냐고요? 두 가집니다. 하나는 스님의 강연을 듣는 것, 다른 하나는 그분이 쓴 책을 읽는 것."

"강연을 들으러 다녀요?"

"아니, 그런 일은 거의 없고, 인터넷을 이용해요. 그 스님 강연은 인터넷에서 언제라도 무료로 볼 수 있어요."

"하시는 일에도 변화가 생겼나요?"

그가 다시 웃었다.

"생겼지요. 전에는 세탁소 일을 천하게 생각했는데, 귀천이 바깥에 있는 게 아니라는 걸 알고, 이제는 즐겁게 일합니다. 절로 정성을 다하게 되었습니다. 손님들에게도 훨씬 친절하게 대하게 됐고요."

나는 속으로 외쳤다. '할렐루야.'

인격의 완성! 그것을 인생의 목표로 삼는다. 법어였다. 옆 자리 승객을 통해 내려진 법어였다. 양평에서 그가 내리고 그가 앉았던 창가의 자리로 옮겨 앉아 창밖으로 펼쳐지는 남한강, 그리고 이어지는 한강을 바라보며 나는 생각했다.

인생 전체를 놓고 보면 인격 완성을 목표로 하는 것이 가장 좋다는 것을 인정하지 않을 수 없었다. 주변 사람을 둘러보아도 그쪽을 소홀히 하지 않은 사람들이 행복하게 살고, 또 사람들로부터 칭찬과 존경을 받으며 살고 있었다.

사람 됨됨이를 끌어올리는 거라면 그 승객의 말씀처럼 설령 처지가 어렵더라도, 학력이 떨어지더라도, 생긴 게 남만 못하더라도 상관없다. 그리고 그것이라면 어디서나, 그리고 언제나 할 수 있다. 부자도, 출세한 사람도 제일 목표는 인격 성장이라야 한다. 안 그러면 출세하고도 성질 못됐다고, 혹은 자기밖에 모르는 놈이라고 욕먹고, 자신도 행복하지 않기 때문이다. 해마다 감옥에 가는 갑부와 큰 벼슬을 한 사람이 끊이지 않고 있지 않은가. 장관 후보자로 내정되고도 청문회를 통과하지 못하고 낙마하는 이들이 적지 않지 않은가.

학생으로 예를 들면 일류 대학이 목표가 아니다. 일류 대학이나 고등학교가 아니라 인격 성장이 목표라면 내가 2등이 되어도 1등이 된 학생을 축하해 줄 수 있다. 2등, 아니 성적에 관계없이 행복할 수 있다. 인생 전체를 놓고 보면 공부에만 힘을 쏟은 학생보다 인격의 성장에도 힘을 쏟은 학생이 더 크게 자라고, 더 행복하게 산다.

물론 한국의 학교에서는 인격은 뒷전이다. 하지만 긴 눈에서 보면 누가 알아주지 않더라도 묵묵히 인격에 투자하는 것이 더 좋다. 학교만이 아니다. 나라도 인격 혹은 국격을 올리는 데 힘을 쏟아야 한다.

2

이스라엘은 《탈무드》, 노벨상 수상자 숫자, 집단 농장 키부츠 등이 유명하다. 이스라엘 사람들은 《탈무드》를 읽으며 지혜를 기른다. 《탈무드》는 그들에게 경전이자 자녀 교육서이고,

어떻게 살아야 하는지를 일러주는 인생 지침서이다. 그 덕분인지 이스라엘의 노벨상 수상자는 150명이 넘는다고 한다. 한국은 인구수에서 이스라엘을 앞지르는데(5배 이상 많다. 이스라엘 인구는 800만이 채 안 된다) 노벨상 수상자가 단 한 사람이다.

그래서 이스라엘이 똑똑한가 하면 그렇지 않다. 정작 소중한 것을 이스라엘은 놓치고 있으니 그것은 '내가 먼저 멈추기'다.

이스라엘은 팔레스타인과 오래 전쟁을 벌이고 있다. 전면전은 아니지만 무력 충돌이 끊임없이 이어지고 있다. 이 글을 쓰고 있는 2014년 7월만 하더라도 첫날인 1일에 이스라엘군은 가자 지구의 34곳에 폭탄을 퍼부었고, 팔레스타인 쪽의 무장 조직인 하마스는 그 보복으로 남부 국경 지대의 유대인 주택가를 향해 로켓 포탄을 쏘았다. 이 글만 보면 이스라엘 군대가 먼저 잘못을 한 것 같지만 6월 12일에 이스라엘 소년 세 명이 실종됐고, 그 세 명은 같은 달 30일에 숨진 채로 발견됐다. 세 명의 소년은, 팔레스타인 쪽에서는 부인하고 있지만, 이스라엘은 팔레스타인 쪽에서 납치해서 죽였다고 믿고 있다. 그렇다면 이스라엘은 왜 팔레스타인의 소행이라고 보고 있는 걸까?

이스라엘 군의 아시아 담당 대변인 로니 카플란은 말한다.

"팔레스타인 쪽에서 납치하지 않았다는 것은 거짓말이다. 그들은 지난해부터 64회에 걸쳐 납치를 시도했다. 이스라엘 감옥에 있는 하마스를 석방시키기 위해서다. 그들은 그것을 위해 공공연히 납치를 선동하고 있다."

어린애들 싸움과 다르지 않다. 이유가 있다, 쟤가 먼저 나를 때렸다, 왜 때렸냐 하면 쟤가 먼저 욕을 했다, 왜 욕을 했냐 하면 쟤가 자기 기분을 상하게 하는 말을 했다……. 그렇게 끝없이 올라간다. 이유가 있다. 상대방이 나쁘다. 거기서 벗어나지 못한다. 멈출 수 없다.

이스라엘이 국격이 있는 나라라면 멈출 수 있다. '이제 그만!' 할 수 있다. 질 수 있다. 팔레스타인이 받아들일 수 있는 방식으로 평화 조약을 맺을 수 있다. 폭력을 멈추고 사이좋게 지낼 수 있는 길을 찾을 수 있다.

3

여기 좋은 예가 있다.

나는 개인적으로 지구에서 가장 성숙한 나라를 코스타리카로 보고 있다. 그 나라에는 군대가 없기 때문이다. 무기가 없기 때문이다. 내가 아는 한 그런 나라는 현재 지구상에서 코스타리카 한 나라다.

그 나라는 작고, 아마도 노벨상도 몇 개 받지 못했거나 하나도 받지 못했는지 모르지만 국가의 의식 수준, 곧 국격은 세계 최고다.

이라크와 전쟁을 벌이며 미국은 전 세계 국가에 협조를 요청했다. 이라크 공격의 정당성을 확보하기 위한 행동이었는데, 여기에 찬동한 국가는 모두 33개국이었다. 그중에는 코스타리카도 들어 있었는데, 그것을 안 코스타리카 국민은 곧바로 반대에 나섰다. 신문은 대통령을 비난하는 기사를 실었고, 여러 사람들이 헌법재판소에 위헌 소송을 냈다. 헌법재판소는 법에 따라 대통령이 법을 어겼다고 판결했다. 위헌 소송을 낸 이 중에는 한 장관(주민보호국 장관)도 포함돼 있었다. 대통령이 위헌이라는 재판 결과에 따라 코스타리카 대통령은 미국 지지 선언을 철회해야 했다.

이제 이스라엘은 노벨상에서 한 발 더 나아가 이웃 나라와 사이좋게 지내는, 비무장 평화의 세계를 향해 나아가야 하리라. '저쪽에서 돌을 먼저 던졌다'며 더 큰 돌을 들기 전에 이제는 돌을 놓아야 한다. 이스라엘이 먼저 놓아야 한다. 팔레스타인과 함께 잘사는 길을 찾아야 한다.

우리나라 또한 비무장 평화의 길을 준비해야 한다. 군대가 없는, 영구 중립 평화의 길로 나아가야 한다. 한국에서 먼저 돌을 놓아야 한다. 중국이나 일본이 놓기를 기다려서는 안 된다.

일본은 반강제적이기는 했지만 한 번 돌을 놓았다. 그들의 헌법 제9조가 그것이다. 그들은 헌법으로 선언했다.

①항
일본 국민은 정의와 질서를 기조로 하는 국제 평화를 성실히 희구하고, 국권의 발동에 의한 전쟁 및 무력에 의한 위협 또는 무력의 행사는 국제 분쟁을 해결하는 수단으로서 영구히 이것을 포기한다.

②항
전항의 목적을 이루기 위해서, 육해공군 및 그 외의 어떤 전력도 보유하지 않는다. 국가의 교전권 역시 인정하지 않는다.

그런데 그것을 현재의 아베 정권이 뒤집어엎고 있다. 일본은 다시 무장의 길을 가고 있다. 다시 싸우겠다고 나서고 있다. 다시 돌을 들고 있다. 그러자 바로 IS는 납치한 일본인 저

널리스트를 죽였다. 그에 대해 아베는 자위대 파병을 검토하고 있다. 보복을 하겠다고 공언하고 있다. 더 큰 돌을 들겠다는 것이다.

인격을 끌어올리기도 어렵지만 국격을 높이기는 더욱 어렵다. 인격이 높은 사람조차도 나라의 일에서는 어두워지는 데도 문제가 있다. 지금 세계의 나라는 애들과 같은 차원의 싸움을 계속하고 있다.

숨은
부처

1

서울서 택시를 26년째 몰고 있다는 고종사촌 형이 다녀갔다.
긴 시간 함께한 것은 이번이 나이 들고는 처음이었다.

　그 형의 아버지, 내게는 고모부가 되는 그이는 일찍 집을
나가 다른 여자와 살았다. 그이는 가진 전답을 노름으로 다
팔아 날리고 아내와 자식들을 극심한 가난 속에 살게 했다.
장남인 그 형은 학비를 내지 못해 중학교를 다니다 말았다.

　"누가 학력을 물으면 중 2라고 해. 중학교라도 마쳤으면 좋
았을 텐데 그렇게 못해 아쉽지. 졸업과 중퇴는 다르거든."

　무엇이 다를까, 학력에 한이 없는 내게는 그것이 그것만

같은데? 겨우 중퇴인데도 그 형의 학력은 세 형제 중 가장 높다. 중간은 초등학교를 마쳤을 뿐이고, 막내는 그 초등학교조차 저학년 때 그만둬야 했다.

고종사촌은 그렇게 자신들을 가난으로 내몬 아버지를 원망하지 않았을까?

"그런 거 없어."

꾸밈이 전혀 느껴지지 않는 차분한 목소리였다.

"아버지가 사업도 아니고 노름하느라 있던 땅을 다 팔았는데도? 그것뿐이 아니라 빚까지 지웠는데도? 거기다 집을 나가 다른 여자와 살았는데도?"

나는 목소리를 높여 가며 따져 물었다.

고종사촌은 스무 살의 어린 나이에 돈을 벌어 아버지가 진 빚을 자기가 갚았다. 나도 단 한 번 갔던 적이 있다. 서해에 있던 염전. 염전에서 고종사촌네는 품을 팔며 더할 수 없이 가난하게 살고 있었다. 염전에 붙어 있던 집은 얼마나 작고 허술했던가! 사흘을 묵고 떠나는 내게 고모는 차비 한 푼 줄 수 없었다. 돈 대신 고모는 갯벌에 나가 꼬막을 잡아 봉지에 담아 주었다. 아침 일찍 집을 나섰는데도 차가 적던 시절이라 집에 도착할 때는 날이 저물고 있었고, 꼬막에서는 상한 내가 나기 시작했다. 여름방학이었다. 결국 꼬막은 먹지 못하고 버려야 했다.

"원망할 새도 없었어. 먹고살기에 워낙 바빴거든."

이번에도 고종사촌의 목소리는 봄에 내리는 이슬비 소리처럼 차분했다. 아아, 뭐 이렇게 착한 영혼이 있단 말인가!

원망할 새가 없었다고? 말도 안 된다. 왜냐하면 원망이나 미움은 따로 시간을 낼 필요가 없기 때문이다. 그것은 손으로 하는 게 아니다. 손으로는 딴 일을 하면서도 얼마든지 할 수 있지 않는가. 삽질을 하면서도 할 수 있고, 화장실에 가서도 할 수 있고, 어딘가를 가면서도 할 수 있다. 나는 물러서지 않았다.

"아버지의 새 여자는 어땠어? 그 여자는 미웠을 거 아냐?"

"아냐. 서로 외로운 사람들이 만나 살았던 거뿐이야."

나는 여기서 울 뻔했다. 서둘러 술잔을 비우며 솟아오르는 눈물을 눌렀다. 한입에 털어 넣을 수 있는 소주가 아니길 다행이었다. 막걸리는 마시는 데 시간이 더 걸리고, 그 시간이 눈물을 들이는 데 도움이 됐다.

쉰여덟, 작은 키, 새카맣게 탄 얼굴…… 볼품이 없다. 택시 운전을 하기 전에 일하던 공장에서는 왼손의 손가락 세 개를 잃었다. 장갑이 기계에 말려 들어가며 손가락이 잘려 나갔다. 몸은 흙탕물로 가득 찬 연못 모양을 하고 있는 주제에 놀랍게도 속에는 연꽃이 피어 있었다. 누구 이야기를 하거나 나쁘게 말하는 법이 없었다. 살다 보면 서운한 일, 야속한 일도 있게 마련일 텐데 그 형은 그런 것을 하나도 간직하고 있지 않았다.

"동생들? 다 참 잘해."

몇 마디 안 되는 말이었지만 두 동생을 향한 형의 마음이 잘 전해졌다. 삼형제가 가난하지만 우애 있게 사는 게 연필 그림처럼 소박하게 그려지며 내 가슴을 따뜻하게 만들었다.

고종사촌 형은 다음 날 다섯 시가 되기도 전에 떠났다. 어머니가 네 시부터 일어나 차린 밥을 먹고 고종사촌 형은 떠났다. 나는 말했다.

"만나서 정말 좋았어요. 앞으로 가끔 보기로 해요."

진심이었다. 사람들은 출세를 하거나 돈 많이 번 사람을 우러러보지만, 아니다. 그런 사람 중에 남 헐뜯고, 형제간에 화목하지 못한 사람이 얼마나 많은가? 온갖 단체장 선거를 보라. 그런 시궁창이 없다. 헐뜯기 대장들이다. 그런 사람들이 도지사, 국회의원, 대통령이 되고 있다. 그들에 견주어 고종사촌 형은 얼마나 보잘것없는가. 삶은 얼마나 팍팍한가? 누가 그 형의 고귀함을 알아줄 것인가?

이렇게, 한식날 연꽃 한 송이가 자신의 모습을 남루 속에 감추고 우리 집에 왔다 갔다.

2

아는 이의 초대로 국립극장에서 이만희 극본의 '피고지고 피고지고'라는 연극을 보았다. 나를 안내한 이는 K라는 연극 배우였는데, 그녀는 연극을 보며 많이 울었다.

"나보다 더 눈물이 많은 사람이 있네!"

바로 옆에 앉아 있어서 잘 알 수 있었다. 그녀는 나보다 눈물을 더 많이 흘렸다.

그 연극에서 제일 먼저 떠오르는 장면은 배우 하나가 관객을 향해 외친 다음과 같은 말이다.

"여기 누가 우리보다 더 많이 죄를 진 사람 있어요?"

왜 그 장면이 제일 먼저 떠오를까? 그것은 그때 벌떡 일어나 이렇게 외치고 싶었기 때문이다.

"저요. 제가 그런 사람입니다."

왜 그랬는지 나는 벌떡 일어서서 그렇게 외치고 싶었다. 불같이 그런 생각이 내게 일어났다.

아직 나는 내 힘으로 질투와 시기를 끊지 못한다. 이기심에서 벗어나지 못하고, 끊임없이 손득을 따진다. 죄가 깊다.

남의 눈에는 안 띨지 몰라도 내 눈은 그것을 본다. 교만함도 병폐 중의 하나다. 뒤에 깊이 후회를 하면서도 벗어나지 못하는 수렁이다.

3

전국노래자랑!

우리 가족 모두가 그 방송을 좋아한다. 가족 모두가 함께 보는 방송은 그것 하나다. 방송 시간이 점심시간과 겹치는 덕분이기도 하지만 나 또한 그 방송을 좋아한다.

출연자들은 모두 보통 사람이다. 방청객도 마찬가지다. 전국노래자랑은 보통 사람의 잔치다. 나는 그들의 얼굴이 좋다.

그 얼굴에는, 누구나 그렇듯 그가 살아온 생이 그대로 한 장의 그림처럼 그려져 있다. 한 장이지만 수만 마디를 하는 그림이다. 그도 그럴 것이 수십 년의 세월이 그린 단 한 장의 그림 아닌가! 그중에는 나도 모르게 마음속으로 합장을 하고 절을 하게 되는 그림도 있고, 단박에 날 울먹하게 만드는 그림도 있다.

그중 한 사람이 떠오른다. 40대쯤으로 보이는 한 여인이었다. 엄청 고생을 많이 한 얼굴이었다. 안 좋은 일을 수도 없이 겪은 얼굴이었다. 끝없이 이어지는 불행을 견디느라 오래 고통을 받아 온 얼굴이었는데, 보기 좋았다. 그 여인은 아주 좋은 얼굴을 갖고 있었다. 얼마나 좋은지 나는 그 여인을 백리라도 천리라도 찾아가 만나 보고 싶었다. 찾아가 그가 살아온 이야기를 들어 보고 싶었다. 그런 마음이 뜨겁게 일어났다. 형용을 하자면 꽃과 바위 혹은 바다와 시궁창이 하나가 된 얼굴을 그 여인은 갖고 있었다.

내 생각에는 그 여인도 내 고종사촌 형님처럼 어려운 일들을 받아들였을 것 같다. '아니야, 서로 외로운 사람들이 만나서 살았던 거뿐이야.'와 같은 넓은 마음으로 수용했을 것 같다. 그런 날들이 모이고 모여 그처럼 좋은 얼굴이 만들어졌을 것 같았다.

내 마음의 밥상

1

KBS 강원 방송국의 정규 프로그램 중에 '내 마음의 밥상'이
라는 것이 있다. 크게 은혜를 입어 평생 잊을 수 없는 사람에
게 차려 올리는 밥상이다. 직접 요리를 해야 하지만 요리 경
험이 없는 사람은 전속 요리사가 와서 도와준다. 요리가 끝
나면 그걸 들고 주인공을 찾아간다. 사전 연락이 없었는지
주인공은 놀란다. 가져온 요리를 먹으며 둘은 이야기를 나눈
다. 둘의 이야기를 통해 시청자들은 안다. 왜 요리를 해 들고
왔는지? 어떤 일들이 있었는지? 무엇이 감사했는지?

　시청자의 자발적인 참여로 이루어지는 프로그램이다.

2009년 11월 24일의 '내 마음의 밥상'에는 내 남동생이 소개됐다. 밥상을 차린 사람은 나와 같은 면에 사는 중년 여성이었다. 남편을 잃고 혼자 여러 마리의 소를 치며 자식을 키우며 사는 여성이었다. 여러 해 소를 길렀기 때문이리라.

"기분에 따라 소가 내는 소리가 달라요."

이렇게 말하며 그 사람은 소가 기분이 나쁠 때, 슬플 때, 기쁠 때 내는 소리를 구분해 시연해 보였다.

동생의 일은 지하수 개발이다. 그 일로 그 집에 갔고, 간 김에 여자 혼자 할 수 없는 일들을 해 줬다고 했다. 떨어진 우사 칸막이를 용접기를 이용해 튼튼하게 붙여 주었고, 오래 치우지 못하고 둔 소똥을 치워 주고, 주변까지 가져간 굴삭기로 쓱싹 정리해 주었다 했다. 할 일을 하고 받을 돈 받고 싹 돌아서 오지 않았다. 조금 더 시간을 냈다. 굴삭기를 가진 동생의 입장에서 보면 크게 어려울 게 없는, 하지만 삽밖에 없는 사람으로는 몇 날 며칠을 해도 끝이 안 보일 엄청 고마운 친절을 베푼 셈이었다. 거기다 그 몫의 돈을 받은 것도 아니니 고마울 수밖에, 잊히지 않을 수밖에.

그 여성은 메밀로 만든 총떡과 돼지고기 보쌈으로 상을 차렸다. 사전 연락이 없었던 것일까? 동생은 갑자기 들이닥친 카메라 앞에서 쩔쩔맸다. 갑작스런 일인 데다 난생처음일

테니 그럴 만도 했다. 시종 동생은 쑥스러워했다. 동생은 내내 촌닭이었다. 동생이 한 말은 이것이 다였다.

"쑥스럽네요."

"제가 뭐 한 게 있나요."

"뭘 그걸 가지고……."

동생은 바깥에서, 찬바람을 쐬며 일을 해서 먹고사는 사람이다. 검게 탔고, 찬 기온 탓인지 볼이 붉었다. 어수룩하고 순박해 보이는 얼굴.

나는 방송을 다 본 뒤 동생에게 문자 메시지로 내 감상을 이렇게 알렸다.

"상 받는 거 봤어. 그보다 영광인 상은 없을 거야. 세상 모든 사람에게 자랑하고 싶던 걸. 축하해."

정말 그랬다. 세상 모든 사람들에게 알리고 싶을 만큼 나는 동생이 자랑스러웠다. 진심이었다. 그보다 더 영예로운 상이 어디 있으랴! 나는 동생의 그 어리벙벙하지만 더없이 순한, 꼭 촌닭 같은 모습을 보며 감동했다.

방송 끝물에 아나운서가 한 말도 떠오른다. 그도 동생의 영상이 가슴에 와 닿았는지 절실한 목소리로 찬사를 아끼지 않았다.

"이런 분들이 있어 세상은 건강함을 잃지 않고 있다고 저는 봅니다."

사실 동생이 받은 칭찬은 이번이 처음은 아니다. 우연치 않게 나는 여러 사람에게서 동생을 칭찬하는 소리를 들었다. 그들도 소 치는 여성처럼 동생에게 물을 파 달라고 부탁했던 사람들이다. 이유도 비슷했다.

첫째는 제 일처럼 한다는 것이다. 약속한 100만 하고 마는 게 아니라 110 혹은 120을 해 준다는 뜻이다.

둘째는 성품이 좋다는 것이다. 모난 데가 없어 대하기 편하다는 뜻이다.

그 소 치는 여성도 그런 소문을 들었으리라. 그래서 텔레비전 방송국에 전화를 할 용기를 냈으리라. 저 사람이라면 사람들이 다들 그럴 만하다고 고개를 끄떡이리라는 믿음이 있어 그 번거로운 일에 손을 대게 됐으리라. 여러 사람의 인정과 감사라는 빙산이 있어 그날 동생은 그 밥상을 받을 수 있었으리라.

2

민지는 신체장애 3급입니다
순희는 지적장애 2급입니다

우리 반 다른 친구는 모두 정상입니다

민지가 바지에 똥을 싸면
순희가 얼른, 화장실로 데려가
똥 덩어리를 치우고 닦아 줍니다

다른 친구들이 코를 막고
교실에서 킥킥 웃을 때

순희가 민지를 업고
가늘고 긴- 복도를 걸어올 때

유리창 밖 살구나무가
얼른, 꽃향기를 뿌려줍니다

살구나무도 신체장애 1급입니다
따뜻한 햇볕과 바람이 달려와
꽃 피우는 걸 도와주었습니다

_유금옥, 〈살구꽃 향기〉 전문

어느 신문 신춘문예 동시 당선작이다. 내 눈에는 참 좋아 보였다. 나는 바로 이 시를 지은 유금옥에게 엽서를 썼다.

"〈살구꽃 향기〉 잘 읽었어요. 2011년 첫날의 최고 선물이었어요. 1953년생이라고요! 그 나이도 좋았습니다. 늦지 않았다는 걸 잘 아시지요?

당신의 이름을 제 가슴에 적어 두었습니다. 촌스런 이름이지만, 그거야 뭐 어때요, 가슴을 활짝 열고 당신을 보여 주세요. 노래해 주세요. 누군가 한 사람(지적장애 1급입니다. 아니, 그것을 목표하는)이 지켜보고 있다는 것 잊지 마시고."

1953년이라면 환갑이 코앞인 나이다. 늦은 등단이었다.

답장은 없었다. 쓰려도 쓸 수 없었다. 왜냐하면 발신자 주소가 없는 편지를 보냈기 때문에.

3

2011년은 구제역으로 온 나라가 어우선한 가운데 시작됐다. 1월 1일에도 전국 여기저기에서 구제역 양성 판정이 났다. 축산 농가가 열한 집이나 되는 우리 마을에서는 마을 입구를 거대한 사료 다발로 막았다. 그 바람에 마을 사람들은 나들이를 자제해야 했다. 모든 집에서 마을 바깥의 공지에 자동차를 두고 이용해야 했다. 자동차를 마을 바깥에 두고 집까지 걸어 들어왔고, 걸어서 나갔다. 마을 노인들이 마을회관에 모여 쉬며 노는 일조차 금지됐다. 외지에 나가 있는 자식들의 고향 나들이도 끊겼다.

"다음에 와라. 마을이 구제역으로 난리다."

"차 못 다닌다. 마을 입구를 막았다."

전쟁이 난 것 같았다.

어디선가 들었다. 그의 할아버지는 손자인 자기에게 늘 말했다고 했다.

"음식물에는 하느님이 계시다. 절하고 먹어라."

어린 그가 자라 초등학생이 되었고, 어느 날 현미경으로 곤충을 관찰하는 과학 수업을 하게 됐다. 어릴 때 들은 할아버지의 말씀이 생각났다. 그는 도시락에서 밥 한 숟가락을 떠서 현미경 아래에 놓고 들여다보았다. 하지만 할아버지 말씀과 달랐다. 하느님이 보이지 않았다. 선생님에게 그 까닭을 물었다.

"그건 미신이다. 음식물 속에는 탄수화물과 단백질, 그리고 전분이 들어 있을 뿐이다."

손자에게 선생님의 말을 전해 들은 할아버지는 아주 슬픈 표정이었다고, 그 표정이 잊히지 않는다고 그는 말했다.

"이젠 물론 알지. 할아버지의 눈이 더 옳았다는 걸."

구제역이나 조류 독감은 한 곳에 수백 혹은 수천, 수만 마리를 가둬서 키우는 대규모 집단 사육 방식이 원인이다. 축사나 우리의 면적에 비해 동물의 숫자가 너무 많다. 가서 보면 탈이 안 생기는 것이 오히려 이상할 지경이다.

인류는 지금 집짐승들에게 해서는 안 되는 짓을 하고 있다. 그 선생님과 같다. 인류는 지금 닭, 오리, 돼지, 소, 양과 같은 집짐승을 다만 단백질의 공급원으로만 생각하고 있다. 그들도 살아 있는 동물이라는 생각을 못하고 있다. 그들 안에도 하느님이 계시다는 걸 모르고 있다.

순희와 할아버지가 그리운 세상이다.

기무라 무소라는 시인은 이렇게 말하고 있다, 〈자취〉라는 시에서.

선반 위에서

파가

무가

당근이

자기 차례를 기다리듯이

늘어서 있다

이처럼

바보 같은

나를 위해

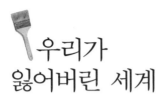

우리가
잃어버린 세계

1

서울시 종로구 사직동에는 '사직동 그 가게'라는 재미난 집이
있다. 이삼십대의 자원봉사자들이 꾸리는 가게다.

'사직동 그 가게'는 록빠 rogpa. 티베트 난민을 지원하는 NGO 단체가 운영하는
가게 2호점인데, 1호점은 어디에 있을까? 록빠 1호점은 인도의
다람살라에 있는 티베트 난민촌에 있다.

티베트 난민촌에는 탁아소가 있다. 저소득층 부부 혹은
싱글맘의 아이들을 무료로 맡아 돌보아 주는 곳이다. 탁아소
는 다국적 자원봉사자들의 힘으로 돌아간다. 그곳에는 또
'티베트 여성 작업장'이 있다. 그곳에서는 아이 엄마들이 아

이들을 탁아소에 맡기고 일한다. 그들은 그곳에서 앞치마, 핸드폰 고리, 지갑, 가방 따위를 만들고, 만들어진 생산품은 다람살라에 있는 가게 록빠에서 판다. 그곳이 록빠 1호점이다.

'사직동 그 가게'에서는 티베트 여성 작업장에서 만든 물품들을 전시 판매하고 있다. 엽서, 향, 책을 비롯한 여러 생활용품들이 있다. 낮에는 '짜이'라는 이름의 차를 마실 수 있고, 저녁에는 티베트 요리로 된 밥도 먹을 수 있다.

'사직동 그 가게'에는 주로 젊은이, 그중에서도 여행과 음악을 좋아하는 자유로운 영혼을 지닌 젊은이들이 모인다.

그곳에서 매니저로 일하는 '잘 웃어'는 대학을 졸업하고 잠시 취직을 하여 일했으나 '갑갑하여' 얼마 뒤 그만두고 세계 여러 나라를 여행했다. 키가 크고 대단히 착한 인상을 가진 이십대 여성이다. 잘생긴 얼굴인데, 어느 쪽이냐 하면 한눈에도 이국적이다. 눈과 코가 큰 서아시아 사람들을 닮은 얼굴이다.

'잘 웃어'는 내가 '사직동 그 가게'에 갔을 때 내게 책 한 권을 선물했다. 《넉 점 반》이라는 그림책이었다. 우리 집 늦둥이 승비를 위한 책이었다.

《넉 점 반》은 동시 한 편을 그림책으로 만든, 글자 수가 적은 초등학교 저학년용 그림책이다. 동시 작가로 유명한 윤석중의 동시다.

그때는 시계가 없는 집도 있었나 보다. 엄마는 아이에게 가게에 가서 시간을 알아 오라고 시킨다. 아이는 달려가 묻고, 가게 주인 할아버지는 대답한다.

"넉 점 반이다."

'네 시 반이다'는 말이다. 그때는 시를 점이라 했던 모양이다! 아이는 동생 흥부를 얼러 빼앗은 화초장을 지고 그 이름을 잊지 않기 위해 '화초장, 화초장' 하며 돌아오는 놀부처럼 '넉 점 반, 넉 점 반' 하며 집으로 돌아온다. 돌아오지만 아이여서 금방은 못 온다. 무얼 만나든 함께 놀며 온다. 닭을 만나면 닭 구경을 하고, 개미를 만나면 한참 동안 개미를 들여다보며 시간을 잊는다. 꽃을 만나면 꽃을 따며 논다. 그러다가 '해가 꼴깍 다 져서야' 돌아온다. 아빠와 오빠들은 방 안에서 저녁밥을 먹고 있다. 툇마루에 앉아 갓 태어난 동생에게 젖을 물리고 있는 엄마에게 아이는 외친다.

"엄마, 시방 넉 점 반이래."

거기서 참던 웃음이 터져 나왔다. 잠자리를 따라다니며 한참 놀고, 분꽃을 따서 입에 물고 '니나니 나니나' 하고 놀 때부터 입 안을 채우기 시작했던 웃음이.

전문은 다음과 같다.

아기가 아기가
가겟집에 가서
"영감님 영감님
엄마가 시방 몇시냐구요."
"넉 점 반이다."

"넉 점 반 넉 점 반"
아기는 오다가 물 먹는 닭
한참 서서 구경하고

"넉 점 반 넉 점 반"
아기는 오다가 개미 거둥
한참 앉아 구경하고.

"넉 점 반 넉 점 반"

한참 돌아다니고.

"넉 점 반 넉 점 반"
분꽃 따 물고 니나니 나니나
해가 꼴딱 져 돌아왔다.

"엄마
시방 넉 점 반이래."

3

《넉 점 반》은 한글 아래 두 나라 말이 더 쓰여 있다. 태국어
와 영어. 세상의 모든 어린이가 행복해지기를 바라는 유니세
프 지구촌 그림책 프로젝트로, 어느 한 은행의 지원으로 만
들어진 책이다.

《넉 점 반》은 어린이야 두말할 것 없고 어른이 읽어도 좋
은 책이다. 어쩌면 어른이 더 좋아할 그림책이다.

'맞아. 나도 이런 시절이 있었지!' 하는 생각과 함께 동심
으로 돌아가게 만드는 책이다. 모든 것이 신기하던 시절, 걱
정 하나 없던 시절, 순간에 깊이 몰입을 하던 시절, 시간을

모르던 시절, 영혼이 순수했던 시절, 그 시절 말이다.

아이는 해가 진 뒤에 돌아와서 외친다.

"엄마, 시방 넉 점 반이래."

여기서 시방은 '지금'의 옛말이다. 해가 졌는데, 지금 네 시 반이래, 하고 있다. 시간을 아직 모른다는 뜻이다. 엄마가 알 아보라고 해서 갔다 올 뿐 시간이란 제때가 있다는 걸 모른 다. 곁에 무엇이 있든 무시하고 얼른 달려가 엄마에게 알려야 한다는 걸 모른다. 그래야 네 시 반은 의미가 있어진다는 걸 아이는 모르고 있다. 꽃이 피었든 새가 울든 달려가야 한다 는 걸 아이는 모르고 있다.

돌아보면, 내 인생의 가장 가치 있는 순간은 시간을 잊었 던 때들이다. 이 그림책 속의 아이처럼 대상은 중요하지 않 다. 그것이 닭이어도 좋고, 개미라도 좋고, 잠자리라도 좋고, 분꽃이라도 좋다. 시간을 잊는 것, 그것이 먼저다.

나는 쉰하나에 둘째 아이를 두게 됐다. 그 애가 올해 우리 나라 나이로 여덟 살이다. 곧 초등학생이 되는데, 어른인 내가 배워야 할 것이 그 아이에게 다 있다. 누군가 동심과 불심을 놓고 어느 것을 가지겠냐고 하면 나는 동심을 택하겠다. 그런 생각이 들 만큼 아이는 순간순간을 기쁘게 산다. 전체와 하나 가 돼서 산다. 몰입돼 있다. 말 그대로 천진하다. 천진天眞,

하늘 같고 참답다는 뜻이다.

그 아이가 있으면 집안에 웃음이 그치지 않는다. 그 아이가 없고, 어른들만 있으면 좀처럼 웃을 일이 없다. 어머니는 말한다.

"애가 없으면 싸운 것 같지."

윤석중은 이런 동시도 썼다. 나는 이 동시를 무척 좋아한다. 제목은 〈흙 손〉이다.

흙 묻은 손
뒤에 감추고 오다가
영감님을 만났네.
"어른 앞에서 뒷짐을 지다니
허, 그놈 버릇없군."

흙 묻은 손
뒤에 감추고 오다가
뒷집 애를 만났네.
"얘 먹을 거냐?
나 좀 다우."

흙 묻은 손

뒤에 감추고 오다가

삽살이를 만났네.

"뒤에 든 게 돌멩이지?

달아나자 달아나."

2

풀 한 포기가 들려준 이야기

오래 봐야
보이는 것들

1

그 새는 여름이면 아침 네 시 반경에 울기 시작한다. 내 작업실 가까이서 운다. 어떤 날에는 내가 먼저 일어난다. 어떤 날에는 그 새가 나를 깨운다. 늘 같은 새다. 내 작업실 주변 어딘가에 둥지라도 튼 것일까? 그 새를 앞질러 호랑지빠귀가 우짖는 날도 있지만 그런 날은 드물다. 이름 모를 그 새 소리가 가장 먼저 들려온다. 그 새가 나의 아침을 연다.

무슨 샐까?

나는 주로 아침에 글을 쓴다. 그날도 나는 자판을 두드리고 있었다. 그 새는 그날 내 작업실 곁의 나무들에 오래 머물며 우짖었다. 그 덕분에 노트북에 아예 넣어 놓고 있는 '새소리 알아보기 CD'를 통해 나는 그날 그 새가 딱새임을 확인할 수 있었다.

딱새!

흔한 텃새다. 참새처럼 사람의 집에 둥지를 틀기도 한다. 아니, 요즘에는 참새보다 딱새 둥지 보기가 더 쉽다. 초가지붕에 둥지를 짓기 좋아하는 참새는 초가가 사라지면서 사람의 집에서 그들의 둥지를 보기 어렵게 됐다. 딱새는 우체통, 벽에 걸린 표주박, 장작가리, 각목 더미, 야외 화장실과 같은 곳에 둥지를 짓는다.

그 새는 아침마다 왔다. 이름을 안 뒤로는 더욱 그 딱새가 반갑게 느껴졌다. 우리는 《어린왕자》에 나오는 여우와 어린왕자와 같았다. 나는 여우였고, 딱새는 어린왕자였다. 딱새는 정해진 시간에 왔다. 와서 늘 같은 노래를 불렀다. 여러 번 들어 나는 딱새와 사냥꾼의 발자국 소리를 구분할 수 있었다. 딱새가 오면 내 가슴은 기쁨으로 뛰었다.

그렇게 나와 딱새는 친구가 됐는데, 그것을 뒤집는 일이 벌어졌다. 정확하게 날짜도 기억하고 있다. 2010년 7월 5일 오후였다. 점심을 먹고 났을 때였는데, 창밖에서 낯선 새소리가 들려왔다.

"힛, 힛, 힛, 힛, 힛, 힛……."

한 박자였다. 그것이 끝도 없이 이어지는 노래였다.

'무슨 샐까?'

나가 보았다. 앞집 대추나무 꼭대기에 앉아 노래하고 있었
는데, 너무 멀고 햇살로 눈이 부셨다. 그 바람에 입은 옷을
확인할 수 없어 어떤 새인지 알 수 없었다. 아쉬웠다.

다음 날 아침이었다. 오전 다섯 시가 조금 넘었을 때였다.
내 작업실 가까이에서 그 새가 노래했다.

"힛, 힛, 힛, 힛, 힛, 힛, 힛……."

바로 새소리가 녹음된 CD를 틀어 확인 작업에 들어갔다.
없었다. 몇 차례 다시 찾아보아도 없었다.

내가 아쉬워할 때, 그 마음을 알았는지 그 새는 내 작업실
가로 날아와 울기 시작했다. 열어 놓은 창문으로 그 새가 환
히 보였다. 이게 무슨 일인가! 그 새는 딱새였다.

딱새라면 6월 내내 아침마다 내 작업실 곁에 와서 노래하
던 새 아닌가. 하지만 그때 딱새는 다른 곡으로 노래했다. 한
두 번 들은 것이 아니라서 나는 그 곡을 욀 만큼 잘 기억하
고 있었는데, 그 이튿날의 노래는 전혀 다른 곡이었다.

그랬다. 딱새에게는 또 한 곡의 십팔번이 있었다. 조류도감
에도 나와 있었다. 조류도감에 따르면 앞서 내가 들은 곡은

번식기에 부르는 노래였고, 그 이틀간의 것은 평소에 부르는 노래였다.

사실은 딱새만이 아니다. 딱새처럼 작은 새들은 거의 다 그렇다. 단 한 곡의 노래를 반복해서 부르는 큰 새들과 달리 두세 곡 혹은 서너 곡의 노래를 때에 따라 바꿔 부른다.

2

사과나무와 자두나무를 기르는 그의 농장은 북한강 강가에 있었다. 찻길이 끝나는 곳이어서 한적했다. 그는 그곳에 헨리 데이비드 소로의 작은 집을 흉내 낸 오두막 한 채를 지어 놓고 살고 있었다. 북한강이 월든 호수처럼 오두막 곁에 누워 있었다. 아름다운 곳이었다.

"집 생각 거의 안 나요."

집에는 주말에 가는데, 자주 빼먹는다고 했다.

"소개할 사람이 있어요."

박사라고 불리는 사람이었다. 학위가 있어서 박사는 아니었다. 30년이 넘게 야생화 연구를 했다고 했다. 그래서 박사였다.

점심을 함께 먹으며 세 시간쯤 박사의 이야기를 들었다.

박사는 나처럼 자기 주변의 식물에만 관심을 갖지 않았다. 전국으로 야생화 여행을 다녔다. 배낭 무게를 줄이기 위해 텐트와 침낭을 쓰지 않는다고 했다. 비닐 한 장으로 대신한다고 했다.

"양쪽 끝을 묶고, 그 안에 들어가 자지요. 머리만 내놓고."

여름 이야기리라. 봄도 가을도 비닐 한 장으로는 추위를 막을 수 없다. 최소한 나는 그랬다. 텐트에 침낭까지 써도 나는 추웠다.

"희귀 식물을 만났는데, 며칠 뒤에 꽃이 필 것 같으면 그곳에서 기다립니다. 다시 가기 어렵기 때문이지요. 그렇지요. 며칠씩 그 꽃 하나가 피기를 기다리지요."

그는 박사라는 말을 듣기 충분했다. 그만큼 식물에 관해 박학했다. 그래도 그날 그에게 들은 여러 가지 말 중에 가장 좋았던 것은 며칠씩 꽃 한 송이가 피기를 기다린다는 그 말이었다. 그 시간이 참으로 좋을 거 같았다. 아무도 없는 산속에서 오로지 꽃 하나를 기다리며 하루이틀사흘.

'높이 나는 새가 멀리 본다'는 말이 있다. 하지만 내 경험으로는 시간 또한 필요하다. 들인 시간만큼 알게 되고, 사랑하게 된다.

딱새에게 두 가지 노래가 있다는 걸 안 것도 시간 덕분이

었다. 7월의 경험이 있어 나는 딱새의 두 번째 노래를 익히게
된 게 아닌가.

3

28세에서 39세까지 11년 동안 자전거로만 지구를 두 바퀴나
돈 나카니시 다이스케는 자신의 책《세계 130개국 자전거
여행 世界130ヵ國自轉車旅行》에서 이렇게 말하고 있다.

> 총 12년의 여행을 끝내고, 통절히 느낀 게 있다. 그
> 것은 '세계는 좋은 사람들로 가득 차 있다'는 것이
> 다. 물론 여행지에서 위험한 일을 당하거나 골탕을
> 먹은 일도 여러 번 있었지만 그 몇 배 이상 아무런
> 득도 없을 텐데 알지 못하는 여행자를 친절하게 대
> 해 주고, 헤어질 때는 눈물까지 흘려 준 사람들이
> 많았다.

차체 17킬로그램과 짐 50킬로그램, 합쳐 70킬로그램! 성인
의 몸무게에 해당하는 자전거를 타고 총 151,849킬로미터를
그는 달렸다. 사막이나 길이 좋지 않은 곳에서는 자전거를 끌

고 가야 했다. 펑크만 300번 이상이 났다. 나미비아, 곧 남아프리카 서해안 지역에서는 하이에나 무리의 공격을 받았다. 그래도 그것은 별게 아니었다. 그보다 좋은 일이 훨씬 더 많았다. 사람들은 친절했다. 하루이틀이 아니고 11년이다. 오랜 시간 둘러보고 안 사실이다.

나카니시는 여행길에서 이런 일도 겪었다. 이 또한 오래 봐야만 보이는 것 중의 하나다.

나이지리아의 대도시 라고스를 달리고 있었다. 라고스는 인구 1천만이 넘는 아프리카 제2의 도시다. 그 도시의 4차선 도로에서 나카니시는 눈살을 찌푸리지 않을 수 없는 일과 만났다. 트럭, 승용차 할 거 없었다. 온갖 차들이 젊은 남자의 주검을 밟고 지나갔다. 마치 고양이의 주검이라도 되는 듯이.

"뭐 이런 사람들이 다 있어?"

나카니시는 이해할 수 없었다. 라고스 사람들을 향해 욕이 절로 나왔다. 더욱이 그것은 라고스만의 일이 아니었다.

여러 날 뒤, 나카니시는 나이지리아 동남쪽의 도시 카라바루에 들어섰다. 그 도시의 도로 한가운데에는 살진 중년 여성의 주검이 버려져 있었다. 차에 치인 것 같았다. 잘 차려입은 여성이었다. 하지만 오가는 차들은 마치 그 주검이 보이지 않기라도 하는 것처럼 오갔고, 통행인들도 모르는 척하며 지나갔다. 악취로 보건대 벌써 여러 날 버려져 있는 것 같았다.

편의점에 들러 그 이유를 물었다.

"알고 있어요. 벌써 사흘째지요, 아마. 이유가 있어요. 경찰에 알리면 알린 사람이 주검의 정리와 장례식 비용을 대게 돼 있어요. 그것이 우리나라 법이랍니다. 그래서 다들 모르는 척하는 겁니다."

사람이 아니었다. 잘못은 나이지리아 법에 있었다.

오래 보아야 보이는 것이 있다. 겉만이 아니라 뒤까지 봐야 한다. 시간이 필요하다. 어떤 것이고 제대로 알기란 쉽지 않다. 오래 알아봐야 하는, 그런 시간을 보내지 않고는 알 수 없는 일도 세상에는 많다. 사실은 세상 모든 사람들이 잘못 알고 있는 것도 알고 보면 수두룩하다. 나는 아직 나이지리아에서는 왜 주검을 신고한 사람에게 치우게 하는지 그 이유를 알지 못한다. 거기에도 무슨 이유가 있을 게 분명하다.

딱새만 해도 간단치 않다. 먼저 딱새에는 딱새 한 종만 있는 게 아니다. 흰머리딱새, 검은딱새, 검은뺨딱새, 검은머리딱새, 검은등사막딱새, 유리딱새 등 여러 종이 더 있다. 그중 딱새 하나만 보더라도 수컷과 암컷의 깃 색깔이 다르다. 어른 새와 어린 새의 깃 색깔 또한 다르다. 오래 지켜본 자만이 그걸 구분해서 볼 수 있다.

어느 풀의
가르침

1

4월 10일에 못자리를 하고, 그 다음다음 날 나는 물길을 따라 걷는 여행을 시작했다. 우리 집 곁의 개울이 출발지였다. 나는 그곳에서부터 걷기 시작했다.

우리 마을의 개울은 마을 입구에서 큰 개울과 이어지고, 큰 개울은 30리쯤 가서 홍천강으로 흘러든다. 홍천강은 홍천과 양평을 지나 북한강과 하나가 되고, 북한강은 두물머리에서 남한강과 합쳐지며 한강이 되고, 한강은 김포만을 통해 서해와 하나가 되는데, 김포만까지 갈 계획이었다. 바다까지 걸을 생각이었다.

결론부터 말하자면, 성공하지 못했다. 북한강을 만나는 날 발목을 접질린 것이 원인이었다. 이틀을 쉬며 발목이 낫기를 바랐지만 뜻대로 되지 않았다. 조금 나아지기는 했지만 디딜 때마다 발목과 정강이 부분이 쑤셨다. 아쉬웠지만 접을 수밖에 없었다.

북한강을 만난 경기도 가평군 설악면까지는 차량 통행이 적거나 없는 걷기 좋은 길이 이어졌다. 쉴 새 없이 오가는 차를 견디며 걸어야 하는 북한강과 한강 가에 견주면 북한강까지 이어진 홍천강 가로 난 길은 걷기 여행을 위한 길이었다. 그렇게 말해도 좋을 만큼 한적했다.

힘든 곳도 있었다. 한 군데서는 신발을 벗고 강을 건너야 했고, 나뭇가지를 헤치며 나아가야 하는 산길도 몇 군데 있었다. 초행이라면 길을 물어야 한다. 그런 길은 산에 익숙하지 않은 사람에게는 접어들기 겁이 날 만큼 길이 불분명하다. 길이 끊어진 곳도 있었다. 잘 살펴봐야 저만큼쯤 길이 이어져 있는 게 보이는 곳도 있었다. 차량 통행이 적은 대신 몇 군데서는 이렇게 고생을 해야 했다.

길을 물어보며 알았다. 산속의 오솔길은 외지에서 이사를 온 사람들은 잘 몰랐다. 마을 토박이들이 알았고, 그중에서도 나이 든 사람들이 알았다. 어떤 사람이 없다고 잘라 말한

곳에도 다른 사람에게 물으면 길이 있었고, 가 보면 정말 길이 있었다.

그중의 백미는 한 시어머니와 며느리 사이의 옥신각신이었다. 시어머니는 말했다.

"다리를 건너가 저 비알로 돌면 돼요. 저 비알에 길이 있다오."

며느리는 생각이 달랐다.

"에이, 어머니도! 거기 무슨 길이 있다고 그러세요?"

며느리의 말처럼 내가 보기에도 길이 있을 것 같지 않았다. 강과 바로 이어진 그 산은 경사가 심했고, 그 경사면은 흙이 아니라 바위로 이루어져 있었다. 산짐승이라면 모를까 사람이 다닐 수 있는 곳이 아닐 것 같았다.

비록 강 건너라고는 하지만 지척에 있는 산비탈을 두고 시어머니와 며느리의 생각이 이렇게 달랐다. 장마가 지면 사라지는 허술한 다리지만 다리까지 있는데?

나는 시어머니의 말을 따르기로 했다. 시어머니가 없는 길을 있다고 할 리가 없었기 때문이었다.

그곳으로 가는 다리는 엉성했다. 커다란 시멘트 관을 세개 놓고 그 위에 강바닥의 모래와 자갈을 긁어모아 얹어 만든 일회용 다리였다. 그래서 오히려 더 낭만이 있는 그 다리를 건너며 본 산비탈에는 길이 있을 것 같지 않았다. 길이 있기에는 경사가 너무 심했다.

그 다리 끝이 내가 가야 할 길의 입구였는데, 입구가 보이지 않았다. 다리를 놓느라고 파헤쳐 놓은 탓도 있었고, 길이 있더라도 사람이 잘 안 다니는 길인 게 분명했다. 길 입구가 보이지 않았다.

그렇다고 쉽게 물러설 수 없었다. 그 길이 아니면 먼 길을 돌아야 했고, 그 길은 차가 많은 길이었다. 지도를 보면, 그 산비탈만 지나면 강가의 작은 마을이 이어졌고, 그곳에는 강가로 난 시골길이 있었다. 어떻게든 길을 찾고 싶었다.

혹시나 하며 덤불을 헤치고 들어섰더니 거기 있었다. 사람이 다닌 자국이 있었다. 낭떠러지로 돼 있어 작은 방심에도 크게 다칠 게 빤해 보이는 위험한 길이었지만 분명이 길이 나 있었다. 경사가 심한 바위가 통으로 이어져 길을 낼 수 없는 곳에는 돌과 시멘트로 길을 만들어 놓은 곳이 두 곳이나 있는, 좁지만 엄연한 길이 거기에 있었다.

2

그 바위 길에 꽃이 있었다. 그날, 내가 그곳에 간 그날 바위

틈에 뿌리를 내리고 사는 그 풀은 말하자면 결혼식 날이었다. 활짝 꽃을 피우고 있었다. 마치 나를 기다리고 있기라도 했다는 듯이 그날 그 꽃은 가장 아름다운 모습으로 피어 있었다.

4월 13일이었다. 그곳까지 가는 길에 보았다. 벚꽃이 피기 전이었다. 벚꽃은 그때 여러 송이 가운데 겨우 한두 송이가 막 꽃잎을 벌리기 시작하고 있었다.

나는 멈춰 섰다. 배낭을 벗어 놓았다. 바위에 핀 그 꽃과 함께 있고 싶었다. 흰색의 꽃잎을 가진 그 풀! 이름은 전부터 알고 있었다. 바위솔이었다.

놀라운 풀이었다. 바위솔은 이름 그대로 바위에, 바위에 난 작은 틈에 뿌리를 박고 살고 있었다. 바위틈에는 흙이 없다. 있다 해도 손톱 밑에 끼는 때 정도다. 뿌리도 마음대로 뻗을 수 없다. 좁은 틈을 비집고 들어가야 한다. 물 사정 또한 안 좋을 게 빤하다. 비가 와도 그냥 흘러가 버릴 게 아닌가. 틈에 고인 얼마 안 되는 물을 바위솔은 아껴 가며 먹어야 하리라. 그렇게 궁색한 곳에 살고 있는데도 놀랍게도 바위솔에게는 궁기가 없었다. 궁기는커녕 몸집도 좋았고, 행복해 보였다. 시시한 행복이 아니었다. 무진장 행복해 보였다.

무정설법無情說法이라는 말이 있다. 무정, 곧 사람이 아닌 무정물이 법을 설한다는 말이다. 천지만물이, 온 자연계가 길을 보여 주고 있다는 말이다. 바위솔이 그랬다. 바위솔이 내게 법을 설했다. 나는 그의 설법을 공손히 앉아서 보았다. 눈으로 들었다.

기뻤다. 그 여행은 바위솔을 만난 것 하나만으로도 충분했다. 그것만으로도 뜻깊은 여행이었다.

바위로 이루어진 그 산비탈 끝에는 모래밭이었다. 그 모래밭에 텐트를 쳤다. 해가 남아 있었지만 바위솔 가까이서 하룻밤 자고 싶었다. 시간을 넉넉히 갖고 바위솔의 설법을 보고 싶었다.

3

그 여행은 그렇게 내게 바위솔이라는 풀을 보여 주었다. 바위라는 가혹한 환경 위에서도 잘살고 있는 풀을, 바위솔을 내게 보여 주었다. 바위솔은 환경 탓을 하면 안 된다고, 자신의 삶을 통해 내게 말했다. 주어진 자리에서, 그곳이 어떤 곳이든, 예를 들어 옥토가 아니고 가시밭이거나 황무지이거나 자갈밭이라도 그곳에서 꽃을 피울 수 있음을, 행복하게 살 수 있음을 바위솔은 말이 아니라 행동으로, 생활로 보여 주고 있었다. 그것은 병고에 시달리고 있더라도, 가족 중에 누군가 애를 먹이는 이가 있더라도, 부끄러운 과거가 있더라도, 재주가 없더라도, 못생겼더라도, 가난하더라도, 달리 말해 놓인 자리가 대단히 안 좋더라도 그곳에서 꽃을 피워야 한다는, 피울 수 있다는 뜻이었다.

　지금 그 자리가 네 자리다.

　내 부모, 내 나라를 택한 것은 내가 아니다. 우리는 주어진다. 던져진다. 바람에 날려 떨어지는 풀이나 나무의 씨앗과 다르지 않다.

　내 자리, 곧 내 바위는 먼저 한집에 사는 날 포함한 다섯 명의 가족이다. 아버지, 어머니, 아내, 딸 등이 내 바위다. 그리고 우리 집, 정원, 이웃, 우리 마을 등이 내 바위다. 홍천과 강원도가 내 바위다. 나아가 한국과 지구가 내 바위다. 나는 거기서 꽃 피어야 한다.

　꽃 핀다는 건 무엇일까? 웃는 것이다. 남을 웃게 만드는 것이다. 간단하다. 함께 하는 사람과 하루 웃고 살았다면 하루 꽃 핀 것이다. 웃지 못했다면 꽃 피지 못한 것이다.

 # 나무를
먹는 땅

1

아마존 지역의 한 원시 부족은 숲에서 아이를 낳는 전통이 있다. 진통이 시작되면 산모는 집을 나와 숲으로 간다. 작은 천으로 음부 부분만을 가리고 사는 이 부족의 여인들은 아이를 낳으러 가면서도 빈손이다. 도구 하나 없이 간다.

아이를 낳으면 산파가 잎이 날카로운 풀을 뜯어 그것으로 탯줄을 자른다. 산모는 옆에서 지켜본다. 탯줄을 자르고 산모가 아이를 산파로부터 받아 안으면 그 순간부터 그 아이는 인간이 되지만, 그 전까지는 정령이다. 그렇게 그 부족 사람들은 생각한다. 아이에게 신체상의 장애가 있거나 원치 않는

출산이었을 때는 정령 상태에서 아이를 숲으로 돌려보낸다. 어떻게 할까?

야자 잎으로 아이를 감싸고 끈으로 묶어 나무 위에 걸어 놓는다. 개미들이 달려든다. 흰개미다. 여러 날 지나면 그곳에 아이는 사라지고 흰개미만이 남는다. 그 개미 무더기에 부족의 사람들은 불을 놓는다. 개미는 마침내 재로 변한다. 이 과정을 통해 아이는 정령 상태에서 숲으로 돌아간다.

이 부족 사람들은 이렇게 숲에서 태어난다. 숲에서 태어나 숲이 주는 열매와 잎사귀를 먹으며 살아간다. 숲속에 화전을 일궈 곡식을 가꾸며 살아간다. 그렇게 숲을 먹으며 살아간다. 수명을 다하고 죽은 뒤에는 어떻게 될까? 그때는 숲이 사람을 먹는다. 숲으로 다시 돌아간다. 온 곳으로 돌아가는 것이다. 이때도 개미와 같은 작은 동물들이 돕는다. 그들의 도움으로 죽은 사람은 거기서 끝나지 않고 영원히 나고 죽는 큰 순환의 고리 안으로 들어간다.

큰 눈으로 보면 숲은 한 생명이다. 그곳에서 사람은 팔 하나 혹은 털 하나 크기로 살아간다. 팔이나 몸에 나는 털이 몸이 있어 살아가듯이 아마존의 그 원시 부족은 숲이 있어 살아간다. 숲의 일부로 살아간다.

작년 11월에 선산으로 가는 길을 내며 여러 그루의 나무를 베어야 했다. 그 나무가 그냥 버려지는 게 아까워 '어딘가 쓸 데가 있겠지' 하며 모아다 두었다. 비닐하우스 한쪽 구석에 쌓아 두었다. 그것을 오늘 아침에 치워야 했다. 봄이 되며 비닐하우스는 곡식을 키우는, 혹은 말리는 새로운 일을 맡아야 했다. 창고 노릇은 겨울에만 가능했다.

정자 하나는 엮을 수 있는 분량이었다. 포도나무 아래로 옮겨 쌓았다. 껍질을 벗기고 비를 맞추지 않아 나무 상태는 양호했다. 맨 아래 것 중의 하나는 예외였는데, 땅에 닿아 있었기 때문이었다. 땅에 닿은 면이 습기와 벌레 피해로 상해 있었다.

습기와 벌레 피해! 나무 쪽에 서서 볼 때는 그렇지만 큰 눈에서 보면 달라진다. 땅이 나무를 먹고 있었다고도 볼 수 있다. 그곳만이 땅에 닿아 있었다. 닿으면 땅은 먹는다. 어느 곳에서나 볼 수 있다. 지구의 모든 곳에서 땅은 나무를, 그것이 죽은 나무라면 먹는다. 습기와 벌레, 그것이 땅의 입이자 이빨이다.

사람과 같다. 나무는 땅에서 태어난다. 나무는 땅을 먹으며 자란다. 나무가 수명을 다하고 죽으면 그때는 땅이 나무

를 먹는다. 나무는 그렇게 땅으로 돌아간다.

더 큰 눈으로 보자. 아이가 태어난다. 어디서 태어날까? 어머니다. 육안에는 그렇게 보인다. 어머니만이 보인다. 하지만 눈을 감고 보면 어머니는 존재하는 모든 것과 분리할 수 없다. 어머니가 살아 있기 위해서는 우주가 있어야 한다. 우주 안의 모든 것이 있어야 한다. 해가 있어야 하고, 별이 있어야 한다. 물이 있어야 하고, 공기가 있어야 하고, 나비가 있어야 한다. 눈을 감고 보면 어머니는 우주와 분리할 수 없다. 어머니와 우주는 하나다. 그러므로 아이는 우주가 낳는다. 아이는 우주에서 태어나 우주를 먹고 살다가 죽어서 우주로 돌아간다. 온 곳으로 돌아간다. 사람은 누구나 우주가 피우는 꽃이다.

그렇다. 사람만이 아니다. 하루살이도 우주의 꽃이다. 지렁이도 우주의 자식이다. 모기와 파리도 우주가 낳았다.

3

《반야심경》은 불생불멸 不生不滅, 나지도 않고 죽지도 않는다고, 부증불감 不增不減, 늘지도 않고 줄지도 않는다고 말한다. 그렇다. 큰 눈으로 보면 무에서 생기는 것은 없다. 존재하지 않는 것으로 사라지고 마는 그런 죽음 또한 없다. 다만 변화가 있을 뿐이다. 숲 혹은 땅 혹은 우주로 돌아간다. 돌아갔다가 다시 난다. 그렇게 끊임없는 변환만이, 마하 규모의 순환이 있을 뿐이다.

서서 죽은 나무가 있다. 그런 나무는 땅이 입을 댈 수가 없다. 그때 나무는 개미와 같이 나무를 밥으로 먹는 벌레들의 도움을 받는다. 그들이 나무를 땅에 쓰러뜨려 준다. 숟가락 노릇을 한다.

목재로 쓸 나무는, 그러므로 땅에서 떼어서 쌓아야 한다. 물론 떼어 놓아도 비, 이슬, 안개, 여러 종류의 벌레, 미생물 등이 땅을 돕기 때문에 언젠가는 땅의 입 안으로 들어간다. 입 안으로 들어가기는 가지만 시간이 걸린다. 땅에서 떼어 놓으면 오십 년 혹은 일백 년쯤은 기다려 준다.

그 시간을 이용해 우리는 집과 정자를 짓고 그 안에서 산다. 그 안에서 눈을 감고 앉아서 보면 인류 또한 벌레다. 풀과 나무를 갉아 먹고 사는 벌레다. 벌레 중 가장 덩치가 큰 벌레다. 몸집이 크고, 수가 워낙 많아 지구가 애를 먹고 있다. 너무 많은 양의 숲을 먹어치우고 있기 때문이다.

하느님은 지금 잠을 못 이루고 있을 게 분명하다. 어떻게 인간 벌레로부터 지구를 지켜야 할지, 그 궁리로 밥 생각도 없을 게 분명하다.

궁금하다. 인간은 농약으로 벌레로부터 논밭을 지키고 있는데, 하느님은 무엇으로 인간으로부터 지구를 지켜 낼지.

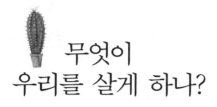

무엇이
우리를 살게 하나?

1

아오야마 슌도. 비구니 스님이다. 나는 그의 책을 여러 권 읽었다. 그중 한 책에는 부처와 불성이 무엇인지를 말하는 다음과 같은 흥미로운 일화가 하나 소개돼 있다. 누군가에게 들은 이야기라고 했다. 그 누군가를 A라고 하자.

A가 멀리 강연을 하러 갔다 온 밤이었다. 밤 한 시에 전화벨이 울렸다. 이 늦은 밤중에 누굴까 하며 받아 보니 자신의 강의를 들은 사람이라고 했다. 강의 중에 언제라도 좋으니 어려운 일이 있으면 전화하라며 전화번호를 적어 주지 않았느냐고, 그래서 전화를 했다고 했다. 절박한 목소리였다. 그는

다짜고짜 자기 이야기를 하기 시작했다.

"세상 모든 사람이 나를 버렸다. 날 배반했다. 살아갈 용기가 안 나 지금부터 목을 매서 죽으려고 하는데, 죽기 전에 한 가지 당신에게 묻고 싶은 게 있다."

A는 잠자코 다음 말을 기다렸다.

"당신은 강연에서 나무아미타불, 하고 염불을 하고 죽으면, 그것이 단 한 차례라도 그것으로 죽어서 구원을 받을 수 있다고 했는데, 나는 그 말이 정말인지 알고 싶다."

A는 대답했다.

"나무아미타불 정도로는 안 될 것이오."

예상했던 답이 아니었던지 그 사람은 당황했다.

"그보다 당신은 사람들이 당신을 버리고 배반했다고 하지만 당치도 않은 말이다. 봐라. 지금 당신은 남이 아니라 당신 스스로 자신의 목숨을 버리고 배반하려고 하고 있지 않는가? 당신이 죽을 생각을 하고 있는 지금 이 순간에도 단 1초도 멈추지 않고 어렵더라도 부디 이겨내 달라고, 극복을 해 달라고 끊임없이 외치고 있는 이가 있는데, 당신에게는 그분의 음성이 들리지 않는단 말인가?"

"무슨 소린가? 그런 말 내게는 어디에서도 들리지 않는다."

그의 목소리는 한껏 퉁명스러웠다.

"봐라. 지금 당신 가슴이 뛰고 있지 않느냐? 숨이 들락날락하지 않느냐? 그렇게 힘을 내라며 당신의 심장을 뛰게 하고, 숨을 쉬게 하는 그것을 일러서 부처라고 한다. 그 밖에 어디에 부처가 있다고 생각하는가? 그 목소리를 들어라."

2

나는 그 글을 읽기 전에는 부처란 소위 깨달은 자를 가리키는 말로 알고 있었다. 불성이란 우리에게 본래부터 갖춰져 있는, 하지만 조금씩 먼지가 끼어 그 능력을 잃은 우리 안의 거울이라고 알고 있었다. 깨닫는다는 것은 그 거울을 통째로 되찾는 일이라고 알고 있었다.

아오야마는 비구니 스님이다. 그 스님은 자신의 다른 책에서도 일관되게 부처란 인간을 포함한 만물을 살게끔 하는 그 무엇을 이르는 말이라고 쓰고 있다. 사람들은 대개 자신이 사는 줄 알지만 그 스님의 말에 따르면 그 무엇 덕분에 산다. 호흡만 보더라도 내가 한다고 할 수 없다. 숨이 절로 나고 든다. 힘이 하나도 안 든다. 내가 한다면 힘이 들어야 한다. 컵 하나도 들었다 놓기를 반복해야 한다면 한나절을 버티기 어려울 만큼 힘이 든다. 거기다 호흡에는 공기가 있어야 한다. 하늘이 있어야 한다는 뜻이다. 그런데 그것들은 사람이 만든 게 아니다. 그러므로 알고 보면 살아 있는 그대로가 축복이고 기적이라고 아오야마는 말한다.

사계절이 바뀌는 것도, 가끔 비가 내리는 것도, 새잎이 나고 꽃이 피는 것도, 물이 흐르는 것도, 바람이 부는 것도, 새가 우는 것도 내가 하는 게 아니다. 땅이 풀과 나무를 길러 내는 것도, 나무가 불을 붙이면 타는 것도, 시체가 썩는 것도, 그래서 끊임없이 죽건만 지구가 깨끗한 것도, 겨울이 되면 눈이 내리는 것도 사람이 하는 일이 아니다.

지구는 천국이다. 때로는 우리의 소원과 달리 가뭄이 들고 홍수가 나지만, 지구는 천국이다. 지구가 극락이다. 아니라고 하는 사람이 있다면 그곳이 어딘지 말해 보라. 아마도 그곳은 상상 속에, 혹은 죽은 뒤에 가는 곳이리라. 그렇다면 당신도 밤 한 시에 전화를 건 그 사람과 다르지 않다. 부처가 무엇인지 모른다는 점에서 다를 게 없다.

불교가 생기며 대자연보다 마치 부처가 더 귀한 것처럼 여겨지게 됐다. 그리고 그 부처는 깨달은 자라는, 인간의 행복과 자유만을 이야기하는 오류를 낳았다. 너무 당연한 말이지만, 불교는 없어도 살 수 있지만 대자연이 없이는 누구도 살 수 없다. 불성이란 대자연의 일부에 지나지 않는다.

천국이라지만 내 뜻대로 되는 것은 별로 없다. 사람들은 자기 뜻대로 안 된다고 천국에서 불평을 하지만 사실은 그래서 천국이다.

한번 자신의 생각을 지켜보라. 생각대로 되면 하루 안에 이 세상 다 망가진다. 우리의 생각은, 최소한 통제되지 않고 떠오른 생각은 착하지 않다. 이런 문제로 나는 어려서 무진장 고통을 받았다. 내게 떠오르는 나쁜 생각들이 겁났다. 그런 나를 어떻게 해야 할지 몰라 고통스러웠다. 남들이 알면 어떻게 하나 하는 생각에 두려웠다. 나중에 나이가 들어 책도 읽고, 또 이야기도 나누며 그게 나만의 일이 아님을 알았지만 그것을 몰랐던 그때는 정말 통제가 안 되는 내 생각들로 나는 심하게 고통을 받았다. 지금은 더 타락했다. 나쁜 생각이 들어도 나만이 아니지 않느냐며 대수롭지 않게 여긴다.

3

아침이 온다. 누구에게나 아침이 온다. 사람, 가족, 이웃과 달리 아침은 우리의 어제를 묻지 않는다. 모든 것을 싹 지우고, 순결 그 자체로 아침은 우리에게 온다. 하루만이 아니다. 죽을 때까지 온다. 아주 많은 아침이 우리에게 온다. 우리 마음대로 할 수 있는 하루가 그렇게 주어진다. 우리는 아침을 맞아 새롭게 하루를 시작할 수 있다. 어제를 잊고 완전히 새로운 출발을 할 수 있다. 그걸 막는 건 자신이거나 사람이지 아침이 아니다.

그렇다. 큰 사랑이다. 혹은 큰 용서다. 그러므로 아침처럼 살 일이다. 아침이 우리의 어제를 묻지 않는 것처럼 우리 또한 남의 어제를 묻지 말아야 한다. 하지만 이런 무조건적인 용서는 우리에게는 허락이 안 된다. 우리는 당연히 죗값을 치러야 한다고 믿고 있다.

인류는 용서에 서툰 동물이다. 나머지 동물들은 모두 용서의 대가들이다. 벌은 사람이 자신의 집을 부숴도 보복을 하러 오지 않는다. 부술 때는 덤비지만 사람이 달아나면 조금 쫓아오다가 용서하고 만다. 농약 살포로 해마다 수많은 벌레가 죽고 있지만 그 벌레들이 인간에게 복수를 하러 들었다는 이야기를 나는 들은 적이 없다. 사람의 총에 가족을 잃은 호랑이도 보복을 하러 마을에 오지 않는다. 잊고 만다.

용서에 서툴다는 건 지금 여기에 살지 못하다는 뜻이기도 하다. 지금 이 순간은 새 아침과 같다. 남은 어쩔 수가 없다. 남은 내버려 두고 나 먼저 어제를 자꾸 떠올리는 머리를 잘라 버리고 새 아침을 맞을 일이다.

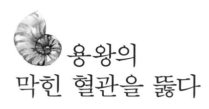 용왕의
막힌 혈관을 뚫다

1

"이따가 화장실에 좀 가 봐라."

아침 밥상에서 아버지가 내게 하는 부탁이었다. 화장실 개수대 파이프에 고장이 난 모양이었다.

아침밥을 먹고 바로 갔다. 개수대 아래가 어수선했다. 아버지가 손을 댔다가 두 손을 든 광경이 거기 있었다.

해체해 보니 파이프에 이물질이 잔뜩 끼어 있었다. 개수대에 끼인 이물질이므로 그 내용은 빤했다. 머리카락, 얼굴과 손에 묻었던 먼지와 때, 눈곱, 코딱지, 이에 끼었던 음식물 찌꺼기 따위이리라. 파이프를 분리하여 그것들을 빼내고, 닦아

내고, 훑어 냈다.

그것들을 다시 연결하다가 알았다. 오래 써서 파이프 일부에 금이 가고, 끊어진 곳이 있다는 걸.

한 철물점에 전화를 걸어 보니, 다행히 내가 찾는 물건이 있었다. 얼른 가서 부품을 사 왔다. 탈이 생긴 윗부분의 부품만 사다가 설치하고 물을 틀어 보니 아랫부분에서 물이 샜다. 멀쩡해 보였으나 고무로 된 링이 사라졌고, 금이 간 곳이 있었다. 다시 철물점으로 차를 몰았다.

새것으로 정성껏 연결을 하고 물을 틀어 보았다. 성공이었다. 정확히 11시였다. 오전을 다 보냈네!

일을 마칠 때쯤 아는 이로부터 휴대폰으로 비가 온다며 안부를 묻는 문자가 왔다. 경상도에 사는 후배였다. 나는 이렇게 답장을 썼다.

"오전 내내 막힌 개수대 구멍을 뚫었어. 용왕의 막힌 혈관을 뚫었어."

용왕의 혈관을 뚫다니, 무슨 말인가?

2

태풍 곤파스는 9월 2일에 강화도를 시작으로 서울, 그리고 우리 마을이 있는 강원도 홍천과 춘천 지방을 거세게 훑으며 지나갔다.

곤파스는 덩치가 컸다. 그가 오기 이틀 전부터 많은 양의 비가 내리기 시작했고, 그가 우리 마을을 통과할 때는 그 무게에 눌려 마을 안의 모든 것이 자신이 가진 가장 큰 목소리로 소리를 질러 댔다.

그날 아침, 나는 지인들에게 휴대 전화 문자 메시지로 9월의 인사를 했다.

'오늘은 엄마아빠가 크게 한바탕 노시네요. 나무 누나는 덩달아 신이 났고요.'

그렇게 느껴졌다.

혹시 피해는 없나 살피러 논에 가는 길에 나는 우산 없이 오는 비를 그대로 맞고 걸었다. 바람은 거칠었고, 빗발은 굵었다. 금방 옷이 젖어들었다. 머리와 이마로 흘러내리는 빗물로 눈을 뜨기 어려웠다. 바람은 옷이라도 찢을 듯이 거칠었다. 하지만 그것이 내게는 하늘 아빠와 땅 엄마의 한마당 놀이만 같았다. 그 놀이를 가장 좋아하는 이는 나무였다. 나무 누나는 좋아 어쩔 줄 모르며 잠시도 쉬지 않고 춤을 췄다. 그 중에는 너무 좋아한 나머지 가지가 찢어지고 줄기가 부러지는 누나도 있었다.

곤파스의 영향은 컸다. 여러 명이 목숨을 잃었고, 농경지 침수와 유실, 산사태, 과수 농가의 대규모 낙과, 도로와 가옥의 파괴, 이재민, 단수와 단전, 지하철 불통, 선박 파손, 배와 비행기의 결항 등 그 피해는 끝이 없을 정도였다.

우리 동네도 크고 작은 손실이 있었다. 여러 집의 논밭 작물과 과일나무, 정원수가 쓰러졌고, 비닐하우스가 날아갔다. 우리 집 또한 들깨 일부가 쓰러졌고, 고래실 밭가에 섰던 아름드리 잣나무가 바람을 못 견디고 쓰러졌다.

소나무 두 그루가 개울로 쓰러진 곳도 있었다. 아름드리 소나무였다. 그 소나무들이 물길을 가로막고 있었다. 더 큰 비라도 내리면 그 소나무에 막힌 물로 주변의 논밭과 배나무 집이 피해를 입을 게 빤했다. 배나무 집은 노인 부부만이 산다. 톱과 낫을 들고 그것을 치우러 가지 않을 수 없었다. 뒤에 동생이 참여하여 둘이서 서너 시간에 걸쳐서 그 나무를 잘라서 개울 바깥으로 들어냈다. "이젠 안심이다!" 동생이 둘러보며 말했다. "수고했다."

3

하지만 태풍이 피해만 가져오는 것은 아니다. 태풍은 많은 비를 품에 안고 와서 육지를 풍요롭게 만든다. 그 비가 있어 농작물은 물 소비가 많은 여름에도 목마름을 겪지 않는다. 그 비가 있어 산은 나무를 푸르게 키우고, 강은 들을 적시며 사람을 포함하여 모든 목숨붙이를 기른다. 한편 바다는 대규모로 땅위의 영양 물질을 실어 간다. 그것으로써 바다는 건강해지고 살이 찐다. 그렇게 육지와 바다는 튼튼해지고 윤택해진다.

태풍이 지나간 자리를 보라. 하룻밤 실컷 논 남녀의 침실과 같다. 흐트러진 모습이 여기저기 보이지만 산과 강은 그 어느 때보다도 행복해 보인다. 살갗에서는 윤기가 흐르고, 눈은 총기로 빛난다.

다시 말하지만 태풍은 두렵다. 몸부림이 대단히 거칠다. 하늘이 흥분한 상태에서는 그의 콧김만으로도 집이 무너지고 나무가 쓰러지고 산비탈이 떨어져 나간다. 하늘과 땅 사이에서 생긴 물로 저지대의 시가지가 물에 잠기고, 수만 평의 농경지가 유실된다. 그 난리 속에서 사람을 포함한 수많은 생물들이 목숨을 잃는다. 그런 파괴적인 면이 태풍에는 있다. 하지만 그것이 다는 아니다. 큰 눈에서 보면 그 안에 대자연의 대자대비가 들어 있다.

태풍 피해를 잘 살펴보면 열 중의 아홉은 사람이 만든 것에서 벌어진다. 사람 손이 안 닿은 산이나 강은 태풍에 이렇다 할 피해를 입지 않는다. 손실은 시가지에서, 농경지에서 일어난다. 사람이 만든 것에서 벌어진다.

그렇다면 무엇을 갖고 태풍의 대자대비를 말할 수 있나? 태풍이 지나간 뒤에 보라. 어느 때보다도 공기와 강이 맑다. 어디나 물이 넘칠 만큼 많다. 올해 7월은 마른장마로 물이 귀했다. 평년 같았으면 물이 흔했을 7월에 물이 부족해 양수기로 지하수를 끌어올려 논에 물을 대야 했고, 밭작물도 물이 적어 성장이 부실했다. 시냇물도 양이 적어 더운 날에도 목욕은커녕 발 한 번 담그기 어려웠다. 이렇게 마을 전체의 살림이 옹색해졌다. 큰 산에 안겨 사는 시골인데도 그랬다.

반면 장마나 태풍이 오면 가난뱅이가 갑자기 부자가 된다. 모든 것이 넘쳐난다. 논물 걱정은 그날로 끝이다. 태풍이나 장마 뒤에는 거꾸로 논에 물을 적게 넣어야 한다. 그 일에 신경을 써야 한다. 곧 남아도는 것을 걱정해야 한다! 그것이 대자연의 대자대비가 아니고 무엇이랴!

해 아빠와 땅 엄마! 우리는 그 둘의 사랑으로 산다. 그 둘은 일 년 중 주로 여름에 사랑을 한다. 자식들이 나가떨어지고, 심지어는 그중에 몇이 죽을 정도로 거칠게.

홍수는 물론 개수대의 물도 용왕의 한 모습이다. 용왕이란

물의 왕이기도 하지만 물 전체를 이르는 말이기도 하다. 후자에 서서 보면 개수대 구멍이 막힌 것이 곧 용왕의 혈관 하나가 막힌 것이다. 막힌 구멍을 뚫어 주지 않으면 용왕이 아프다. 어떻게 아는가? 악취가 나지 않는가? 곪고 있다는 뜻이다. 물은 흘러야 한다.

잣나무를
먹다

1

1월 3일, 종일토록 도끼로 나무를 쪼개 처마 밑에 쌓는 일을
했다. 그날 아침 기온은 영하 20도 아래였다. 추운 날이었지
만 해가 난 뒤로는 견딜 만했다.

나무는 아름드리 잣나무였다. 한 아름이나 되는 굵은 나
무를 쪼개는 데는 겨울 추위가 크게 도움이 된다. 추우면 동
물만이 아니라 나무도 언다. 언 나무는 도끼를 받아들이는
힘이 없다. 도끼같이 작은 물건도 받아들이지 못하고 그 큰
몸이 반으로 쪼개진다. 한겨울이고 도끼질에 솜씨가 있는 사
람이라면 한 아름 크기의 통나무도 단 한 차례의 도끼질로

쪼갤 수 있다.

잣나무 속에는 솔수염하늘소 애벌레가 들어 있었다. 새끼손가락 굵기에 흰색이었고, 토실토실했다. 잣나무를 먹고 자란 애벌레였다. 애벌레가 지나간 자리에는 마치 드릴로 구멍을 뚫은 것처럼 보이는 구멍이 나 있었다.

횡성에서 식품 가공 공장을 경영하는 형님에게 들었다.

"너도 먹어 봐. 솔향기가 나는 게 맛있어."

그 형님은 그렇게 말하며 정말 애벌레가 눈에 띄는 대로 잡아, 꼬물거리는 그것을 입에 넣었다. 우리는 그날 그 형님네 공장 난로에 땔 장작을 패고 있었다. 그 형님은 살아 움직이는 애벌레를 보이는 대로 집어 입에 넣었다.

추운 날이었다. 애벌레는 일절 움직일 줄을 몰랐다. 움직임은커녕 꽁꽁 얼어붙어 있었다.

보이는 대로 집어 한곳에 모았다. 구멍이 작게 난 곳에 든 애벌레는 꺼내기 어려웠다. 아무리 조심을 해도 몸 중간이 끊어지는 일이 있었다. 잘린 부위를 보고 알았다. 애벌레 몸 속의 수분이 모두 얼어 있었다. 꼭 아이스크림 같았는데, 그것이 애벌레가 쉽게 끊어지는 이유이기도 했다.

기름에 튀겨 저녁 밥상에 올렸다. '아무거나 잘 먹어야 한다' 는 식食 철학을 가진 아버지가 몇 개 집었을 뿐 나머지 가족 은 손을 대지 않았다. 돌이 막 지난 늦둥이에게도 먹여 보았 으나 맛이 낯설었는지 뱉었다.

사실 이번이 처음은 아니다. 밤벌레라면 몇 차례 먹어 본 적이 있다. 그때도 기름에 튀겨 먹었다.

솔직히 말하면 그것만이 아니다. 시골에서 어린 시절을 보 낸 나는 그 밖에도 수많은 곤충을 먹어 왔다. 가장 먼저 떠 오르는 곤충은 노랑쐐기나방이다.

노랑쐐기나방의 애벌레는 다른 쐐기나방이 그런 것처럼 가볍게 스치기만 해도 말할 수 없이 따가운 독이 든 털로 몸 을 감싼 흉측한 모습이다. 늦봄이나 여름에 산에 갈 때는 이 쐐기 애벌레를 조심해야 한다.

노랑쐐기나방은 누에나방처럼 번데기 과정을 거쳐 나방이 되는데, 가달이 진 나무에 고치를 짓고 들어가 번데기가 된 다. 고치는 정확하게 길둥근 모양이고, 재질은 무척 단단하 다. 회색 바탕에 짙은 고동색 줄무늬가 진 노랑쐐기나방의 고치는 애벌레 때와는 달리 모양이 곱다. 노랑쐐기나방의 고 치를 본 사람이 많은 것도 이 고운 모습과 무관하지 않으리

라. 게다가 고치 속에 들어가 있는 노랑쐐기나방은 더 이상 껍닐 것도 없다. 노랑쐐기나방의 번데기는 우리 마을의 약이었다.

"침을 많이 흘리는 아이에게 먹이면 좋다."

유독 침을 많이 흘리는 아이, 나이 들어서도 침을 흘리는 아이에게 우리 마을에서는 노랑쐐기나방 번데기를 잡아다 구워 먹였다.

고치 안에 든 노랑쐐기나방의 번데기는 다른 번데기처럼 주름이 많은 몸에 여름의 털도 듬성듬성 가지고 있는, 애벌레 때보다는 나아도 여전히 귀엽지 않은 모습이다. 털이 있어 날것으로는 못 먹는다. 그것도 독이 든 털이 아닌가. 우리 마을에서는 굽거나 기름에 튀겨서 먹었다. 나는 구워서 먹어 보았다. 내가 어렸을 때는 어느 집이나 아궁이에 나무를 때서 난방을 했으므로 아궁이 불에 구워 먹었다.

맛이 어떤가 하면 대단히 고소하다. 애벌레는 열이면 열이 고소하다. 밤벌레도 그렇고, 그날 먹은 솔수염하늘소 애벌레도 그랬다.

내가 어렸을 때는 여러 가지 곤충을 먹었다. 지금처럼 먹을 것이 흔하지 않았다는 것이 가장 큰 이유일 것이다. 그때는 과자는 물론 반찬거리도 지금처럼 사다 먹을 줄을 몰랐다. 가게가 없어 그러고 싶어도 그렇게 할 수가 없었다. 오일 장에서 집안 어른들이 사오는 것은 미역, 고등어, 김 정도였다. 그때는 집집마다 누에를 쳤고, 그 덕분이었는지 누에나방의 번데기를 삶아 파는 곳이 많았다. 어떤 집에서는 번데기를 한 자루씩 사다가 집에 두고 삶아먹었다.

우리 마을 어른들은 말했다.

"복숭아는 밤에 먹어라."

야생 복숭아에는 벌레가 많았다. 겉이 아니다. 과육 속에 벌레가 들어 있다. 어쩌다 보이는 게 아니다. 거의 모든 복숭아 속에 벌레가 들어 있다. 복숭아를 밤에 먹으라는 것은 그래야 벌레가 안 보인다는 뜻이자, 그래야 벌레 신경 안 쓰고 먹을 수 있다는 뜻이었다. 그렇다. 그때는 벌레 먹는 것을 그다지 꺼리지 않았다. 비위가 좋은 사람은 낮에도, 빤히 벌레가 보이는데도 그 벌레를 골라내지 않고 복숭아를 먹었다.

벌레는 어디나 있다. 보이는 곳에만 있는 게 아니다. 보이지 않아 모르고 먹는 벌레도 많다. 아무리 조심을 해도 살아 있는 한, 음식을 먹는 한 벌레를 먹지 않고 살아갈 수는 없다.

그래서인지 우리 마을에서는 이런 말이 대를 이어서 전해지고 있다.

"누구나 한 해에 소 넓적다리 하나 분량의 벌레를 먹는다."

조금 과장된 표현이기는 하다. 하지만 나도 모르게 먹는 벌레가 적지 않다는 점에서 이 말은 사실이다.

역시 가장 많이 먹은 곤충으로는 메뚜기를 꼽아야 한다. 농약이라는 것이 생기며 메뚜기가 사라지기 전까지는 논이 있는 곳은 어디서나 가을이면 벼메뚜기를 잡을 수 있었다. 기억이 난다. 유리로 된 소주병. 달리 마땅한 그릇이 없어 우리 마을에서는 무거운 그 유리병을 들고 다니며 벼메뚜기를 잡았다. 메뚜기는 높이뛰기를 잘하므로 주둥이가 좁은 병이라야 했다.

잡아서 긴 뒷다리를 모아 쥐면 끄덕끄덕 방아를 찧듯 몸을 흔들어 대는 방아깨비도 먹었다. 통째로 먹는 벼메뚜기와 달리 방아깨비는 날개를 떼어 내고 먹었다.

누에나방의 어린 애벌레를 먹는 사람도 있었다. 누에나방 애벌레는 먹는 법을 알아야 한다. 씹어서는 안 된다. 알약을 먹듯 통째로 꿀꺽 삼켜야 한다. 누에나방 애벌레를 먹는 이유는 무엇일까?

"누에를 먹으면 머리가 좋아진다."

"공부를 잘한다."

이런 이유로 자신의 자식들에게 강제로 누에를 먹이는 부모도 있다고 들었다.

그 밖에는 약으로 곤충을 먹는 사람들이 있다. 굼벵이, 지렁이, 땅강아지, 지네, 불개미, 말벌집, 땅벌 애벌레에 거머리까지.

3

솔송나무 애벌레 튀김. 세상 사람들 눈으로 보자면 최악의 엽기 음식이랄 수 있는 이 요리를 나는 천천히 즐겼다. 오래오래 씹었다. 그럴 수밖에 없었던 것이 그날 나는 아름드리 잣나무를 먹었던 것이다.

나는 보았다. 내 눈으로 보았다. 아름드리 잣나무가 내 입으로 들어가고, 그것이 내 이에 씹히고, 목구멍으로 넘어가는 모습을. 그것은 참으로 경이로운 광경이었다. 그때 내 몸은 공룡만큼이나 컸다.

판타지가 아니다. 나는 그것을 내 눈으로, 물론 육안이 아니라 내 마음의 눈으로 생생하게 보았다. 아름드리 잣나무가 내 입 안에서, 내 이에 부러지는 소리도 내 귀로 분명하게 들었다.

그 애벌레는 애벌레이자 잣나무이기도 했다. 그 애벌레들이 그 잣나무에 처음 왔을 때는 애벌레가 아니라 알이었다.

그 애벌레들은 그 잣나무에서 알을 깨고 나와 그 잣나무를 먹으며 자랐다. 오로지 잣나무만 먹으며 어른 엄지손가락 크기로 자랐다. 물론 애벌레의 몸에는 어디도 잣나무의 모습이 없다. 하지만 그것은 빵 어디에서도 밀 혹은 보리의 모습을 볼 수 없는 것과 같다. 그날 나는 잣나무로 만든 애벌레를 먹었던 것이다.

비위 상하는 말 그만하라고? 알았다. 돼지는 물론 닭과 소를 먹는 그대여. 하지만 그대는 알아야 한다. 그대 역시 많은 벌레를 먹고 있다. '사람은 누구나 한 해에 소 넓적다리 하나 분량의 벌레를 먹는다'고 하지 않는가. 그대가 모르고 있을 뿐이다. 그대 콧구멍으로 입으로 끊임없이 벌레가 들어간다. 그대가 먹는 모든 음식에도 사실은 벌레가 들어가 있다. 눈에 보이지 않을 뿐이다. 인도의 자이나교도들은 그런 이유에서 입에 마스크를 하고 다닌다 하지 않는가. 그렇다. 들숨을 따라 빨려 들어오는 공기 중의 작은 생명체의 죽음을 막기 위한 행동이다. 그대가 늘 마스크를 하고 있지 않다면 애벌레를 먹는다고 나를 비난하지 말라.

# 심술궂은 하느님

부음은 문자 메시지로 왔다. 친구였다. 다섯 번쯤 만났을까, 그것도 모두 여러 사람과 함께한 자리였고 단둘이 만났던 적은 한 번도 없는, 친구라기보다는 지인이라 하는 게 맞는 사람이었다.

믿을 수가 없었다. 멀쩡했던 사람이었다. 부음을 받기 불과 닷새 전에도 만나 밤이 늦도록 놀았고, 그때 그는 누구보다 건강했지 않았던가! 웃기는 소리를 잘했고, 함께 자리를 했던 또 다른 두 사람, 큰 식당을 경영한다는 이와 한의사에게는 깊은 존경도 받고 있던 사람 아니었나?

내가 왔는데도 그는 누워만 있었다. 눈조차 뜨지 않았다. 혼자 걷지 못하게 된 그를 여섯 명의 친구가 들어 옮겼다. 그래도 그는 고맙단 말을 하지 않았다. 모든 걸 두고, 주머니 하나 없는 옷, 수의 한 벌로 그는 불 속으로 들어갔고, 유족의 오열 속에 그는 어디 던져도 그것으로 그만인, 누구도 알아보기 어려운, 표 하나 나지 않는 한 줌의 재가 되었다. 살아생전의 한바탕 꿈 다 두고 온 곳으로 다시 돌아갔다. 꿈 하나 없이 푹 잘 수 있는 우주가 됐다.

2

그가 재가 되는 것을, 그리고 뼛가루로 절에 안치되는 것을 지켜보았다. 아침, 점심 다 먹으며, 평소보다 조금도 적게 먹지 않으며, 속으로 너무 실감이 안 난다 여기며, 이렇게까지 태평해도 되나 싶은 생각을 하며 그가 이 세상에서 모습을 감추는 것을 지켜보았다.

돌아올 때 보았다. 그가 이 세상을 떠났는데도 세상은 조금도 변함이 없었다. 이래도 되는 거냐고 세상에 묻고 싶을 만큼 세상은 어제와 똑같이 돌아가고 있었다.

친구나 지인만이 아니다. 부모가 죽었는데, 혹은 자식이 죽었는데도 때가 되면 배가 고프고, 잠이 쏟아진다. 목이 마르고, 화장실에 가고 싶어진다.

나는 친구의 장례식에 가며 친구의 죽음이 나를 흔들기를 바랐다. 그의 죽음이 내 눈 속의 들보를 빼내 주기를, 마음의 때를 닦아 주기를 바랐다. 죽음 앞에서 내가 새롭게 태어날 수 있기를 바랐다. 그렇게 새 사람이 되고 싶었다. 하지만 그런 일은 끝까지 일어나지 않았다.

다만 하나 '아, 사람의 한 생이 한바탕의 큰 꿈이구나!' 하는 것, '그걸 모르고 나는 아득바득 살고 있구나!' 하는 자각이 영화의 엔딩 자막처럼 돌아오는 길에 내 가슴에 떠올랐다. 그 뒤로 여러 날, 시간이 나면 나는 눈을 감고 앉아 있었다.

3

나서 죽을 때까지 우리네 인생에는 온갖 일이 일어난다. 좋은 일만이 아니다. 나쁜 일도 일어난다. 슬픈 일, 괴로운 일, 아픈 일이 일어난다. 돌아보면 나만이 아니다. 모든 사람이, 다소의 차이는 있어도, 그렇다. 아무도 가만히 두지 않는다. 어느 한 사람 처음서부터 끝까지 복된 일만 있는 사람이 없다. 건강하던 사람이 병이 들어 눕는다. 부자가 빈털터리가 된다. 가족 중에 장애자가 생긴다. 자기밖에 모르던 아내가 다른 남자를 만난다. 어린 자식이 세상을 떠나는 일도 있다. 그걸 보면 하느님은 심술궂다. 착하지 않다. 말 그대로 전지전능하다면 더 좋은 세상을 만들어 주면 좀 좋은가? 모두 행복하기만 한 세상을 만들어 주면 어디가 덧나나? 성질 되게 못됐다.

그랬는데 오십대 후반에 와서 그 생각이 바뀌었다. 이 세상 있는 그대로가 큰 사랑이었다. 그 누구도 이 세상보다 더 좋은 세상을 만들 수는 없다, 여겨졌다. 늙고, 병들고, 죽게 만드는 것, 그것이 큰 사랑이었다. 싸우고, 울게 만드는 그것이 사랑이었다. 죽고 싶을 만큼 괴롭게 만드는 것조차 하늘의 사랑이었다. 물론 그 사랑은 크게 볼 때 가능했다. 가까이서는 보이지 않는, 그래서 원망하게 되는 사랑이다.

사계절이 좋은 예다. 봄만 이어지지 않는다. 곧 여름이 온다. 여름 또한 계속되지 않고 가을에 자리를 내준다. 낙엽이 지는가 하면 어느새 가을은 물러가고 그 자리를 겨울이 차지한다. 말 그대로 무상하다.

사람들은 무상한 것을, 어느 쪽이냐 하면, 좋은 것을 빼앗아 가는 안 좋은 현상으로 받아들이는 경향이 있지만 그렇지 않다.

무상, 곧 변하기 때문에 추위가 물러가고 봄이 온다. 아이가 태어난다. 병이 낫는다. 일자리가 생긴다. 꽃이 피고, 벌과 나비가 난다. 연인을 만난다. 재물이 들어온다. 비만이 사라진다. 집을 짓는다. 가게 손님이 늘어난다. 걱정이 사라진다. 뱀이 겨울잠을 잔다. 물고기가 끊임없이 밥상 위에 올라온다. 용서한다. 수박이 익는다. 마음의 상처가 덜 아파진다. 감기가 낫는다. 어머니와 화해를 한다. 성적이 올라간다. 얼음이 녹는다.

암에
걸리면

1

"저 암이래요. 방금 병원에 갔다 오는 길이에요."

후배가 전화로 하는 말이었다. 마음에 둔 후배였다. 갑상선 암이라고 했다. 전화를 놓을 때까지 나는 허둥지둥했다. 마침 보름날이었다. 달빛으로 훤한 산길을 오래 걸었다.

암!

만약 암에 걸렸다면 나는 어떻게 해야 할까?

두 사람이 생각난다. 한 사람 이야기는 여동생한테 들었다. 여동생 또한 텔레비전에서 보았다고 했다. 특집이었다고 했다. 섬에서 모녀가 몇 년에 걸쳐서 집을 짓는 이야기였다. 어머니가 병에 걸리자 모녀는 도시 생활을 정리하고 섬에 가서 손수 집을 짓기 시작했다. 흙이 부족한 곳이라서 돌을 깨서 흙을 만들어 가며 집을 지었다. 그 과정에서 어머니는 병이 나았다고 했던가 좋아졌다고 했던가?

다른 한 사람은 아는 사람이다. 그는 교통사고로 심하게 상처를 입었다. 살아난다고 해도 제 구실을 못할 것이라는 게 의사의 진단이었다. 그는 혼자서 걸을 수 있게 되었을 즈음 홀로 네팔에 갔다. 그곳에서 그는 최소한의 식량만 가지고 산길을 걸었다. 세 달간을 그렇게 했고, 그 과정에서 그는 말끔하게 건강한 사람으로 다시 태어났다.

막상 그때가 되면 어떻게 할지 자신할 수 없지만 나는 내가 병원보다는 이런 방법 가운데 하나를 택했으면 싶다. 병원에서는 약물이나 수술로 치료를 하는데, 내 생각에는 그보다는 병의 원인을 제거하는 것이 좋을 것 같다. 내가 존경했던 선생님도 병원에 몸을 맡겼다가 결국에는 암에서 벗어나지 못하고 이 세상을 떠나셨다. 병원의 치료는 그의 말년을 존엄하게 지키지 못했다. 암 치료, 특히 방사선 치료는 가혹하다. 암 세포도 죽이지만 사람도 죽인다. 머리카락이 빠지고, 구역질이 나서 밥도 제대로 못 먹게 된다고 한다. 그렇게 하면서도 고치지 못할 때가 많다.

종합 병원에 아는 사람이 있는 사람은 그 사실만으로도 힘이 된다고 한다. 든든하다. 병을 잘 치료하는 의사를 친지로 둔 사람은 그보다 더 행복하다. 중병이 들더라도 의지할 곳이 있기 때문이다.

나는 생각이 좀 다르다. 믿는 구석이 다른 데 있다. 산과 강, 바다가 그것이다. 나는 어딘가 크게 탈이 생기면 그곳으로 가야 하지 않을까, 그렇게 생각하고 있다. 물론 나는 지금도 그것들을 가까이하며 산다. 그런데 그곳으로 간다는 것은 무엇인가? 그것은 이런 것이다.

잡지에서 읽었다. 그는 건강 검진에서 직장에 궤양이 있는데 양성이 될 가능성이 있다는 진단을 받았다. 직장암에 걸릴 수 있다는 얘기였다. 그의 나이 쉰넷 때의 일이었다.

그는 검진 결과를 접하고 바로 하던 사업을 정리했다. 사업을 하던 그. 그때 일을 털어도 남아 있는 동안 먹고살 것은 충분했다. 홀홀 털어 정리한 뒤 그가 한 일은 산에 다니는 일이었다. 전국의 산을 돌아다녔다. 삼 년 뒤 다시 건강 검진을 받았다.

"직장이 멀쩡해졌습니다. 체력이 삼십대와 같습니다."

그 뒤로 그는 전국 일주에 나섰다. 하나, 둘, 셋…… 일곱 차례나 전국을 돌았지만 멈추지 않을 생각이라고 했다. 열 번을 채울 계획이라고 했다. 그 길에서 사귄 사람이 700명이 넘는다 한다. 그가 은퇴 뒤에 얼마나 풍요로운 삶을 사는지 일러주는 수치다.

그가 그때 자신의 삶을 바꾸지 않았다면 어떻게 되었을까? 지금까지 회사를 경영했다면 어떻게 됐을까? 아마 그는 지금쯤 직장암으로 고생을 하고 있거나 이 세상 사람이 아닐지도 모른다.

또 이런 일도 있다. 어디선가 들은 이야기다.

그 집은 아내에게 암이 찾아왔다. 그 소식을 듣고 부부는 병원이 아니라 산을 선택했다. 그 부부는 주변을 정리하고 함께 산에 다녔다. 산에서 살다시피 하는 생활이었다 한다. 그 결과는 같았다. 얼마 뒤, 암이 사라졌다.

그 부부는 앞의 남자와 달랐다. 그때까지 번 것으로 남은 생을 살아갈 수 있는 처지가 아니었다. 그래서 그 부부는 심마니가 됐다. 그것 역시 산의 인도였다. 산에서 우연히 심마니를 만나게 됐고, 자연스레 그에게 삼 캐는 법을 배우게 됐다. 많은 돈은 못 벌어도 살아가는 데 필요한 만큼은 나왔다. 그 부부는 겨울을 빼고는 거의 산에서 산다.

내 주변에도 암으로 세상을 떠난 사람이 꽤 된다. 그들은

병원에 의지했다. 잘은 몰라도 한 병원이 아니었으리라. 이 병원 저 의사를 찾았으리라. 그 과정에서 적지 않은 액수의 재산이 사라졌으리라. 물론 병원 치료를 통해 낫는 사람도 많다.

하지만 나는 위의 두 사람처럼 산 혹은 강, 바다로 갈 것이다. 하던 일을 모두 놓고 산이나 바닷가 혹은 강가를 걸으리라. 중병에서 벗어나기 위해서는 그 정도 투자는 해야 하리라. 병의 뿌리는 자신의 생활 속에 있을 것이니 삶을 바꾸는 게 가장 좋고, 그 길밖에 없다. 번다한 일상사, 일에 대한 집착, 소음, 탁한 공기, 번민 등에서 벗어나 산, 강, 바다에서 맑은 공기를 마시며 땀을 흘리고, 그리고 가슴이 탁 트이는 기분을 맛보며 살 일이다.

3

세상 모든 일이 그런 것처럼 병이 우리에게 마이너스 세계만 가져다주는 것은 아니다.

'병이 또 한 세계를 열어 주었다.'

병으로 고생했던 사람들 중에서 많은 사람들이 이렇게 말한다. 병은 우리에게 그 전까지 보이지 않던 것을 보게 해 주고, 알지 못했던 것을 알게 해 준다. 병은 달리기만 하던 우리를 멈춰 서게 만들고, 어떻게 살아왔는지 돌아보게 만든다. 그것을 통해 우리는 달릴 때 못 보던 것을 본다.

어떤 이는 이렇게 말한다.

'병은 내게 축복이었다. 병을 통해 나는 구원을 받았다.'

'다쳐서 병상에 누워 지내며 알았다. 내 힘으로 살아왔는 줄 알았는데, 그게 아니라 수많은 나 아닌 것들의 도움으로 내가 살아왔다는 것을.'

탈이 나면 안다. 다만 걸을 수 있다는 게, 맛있게 밥을 먹을 수 있다는 게, 시원하게 똥과 오줌을 쌀 수 있다는 게 기적이라는 걸. 그것만으로도 더할 나위 없이 감사한 일이라는 걸. 그런데 그걸 모르고 살았다는 걸.

갑상선 암에 걸린 그 후배가 생각날 때면 나는 기도한다. 하루 빨리 병고에서 벗어나기를, 쾌차하기를, 다 나은 데서 그치지 않고 더욱 건강하기를, 그런 쪽으로 그의 삶이 재편되기를.

물소와 함께한 6년

1

한 방문객이 나를 찾아왔다. 그는 내가 낸 책과 번역서를 다 읽었다고 했다. 스무 권에 가까운데! 그래서인지 어떤 부분에서는 나보다 나에 대해 더 잘 알고 있었다.

그는 내 논밭을 보고 싶어 했다. 11월 말이었다. 논에는 탈곡을 끝낸 볏짚이 덮여 있었다. 그는 물었다.

2

그 : 논이 예쁘다?

나 : 탈곡을 하고 난 볏짚을 돌려줬다. 그 덕분이다. 아이들도 이 논을 좋아한다. 여기 오면 논에 들어가 논다. 뛰어다니고, 뒹굴며 논다. 누워 하늘을 보고, 엎드려 볏짚에 뺨을 대 본다.

그 : 갈지 않는다 들었다?

나 : 올해로 6년째다.

그 : 그 전에는 어땠나?

나 : 일반적인, 관행적인 방식으로 농사를 짓던 논이다. 트랙터로 갈고, 화학 비료와 농약을 쓰는.

그 : 당신은 어느 단체의 소식지에서 논을 물소라고 말했는데, 언제부터 그런 생각을 갖게 됐나?

나 : 이곳에 온 지 얼마 안 됐던 여름부터다. 그해 초여름에 젊었을 때 한 직장에서 일했던, 그 뒤에 승려가 된 한 스님으로부터 편지 한 장을 받았다. 편지에는 편지와 하안거 일정표가 들어 있었다. 하안거는 말 그래도 여름 안거로 음력 4월 15일부터 7월 15일까지의 석 달간이다. 일정표를 보니, 말 그대로 용맹정진이었다. 그걸 보니 나도 뭔가를 해 보고 싶은 마음이 일어났다. 특별한 석 달을 보내고 싶어졌다.

그 : 그래서?

나 : 뭘 하면 좋을까 생각해 보는 과정에서 논이 물소가

됐다.

그 : …….

나 : 모를 심고 얼마 안 된 때였다. 농번기였다. 어디 갈 수 없었다. 나는 논밭에서 정진해야 했다. 달리 길이 없었다. 그렇다면? 하고 생각해 보는 과정에서 문득 '아, 논은 물소구나! 나는 물소에게 꼴을 베어다 주는 것으로 수행을 삼으면 되겠구나!' 하고 알게 됐다.

그 : 그래서 꼴을 베어다 줬나?

나 : 그랬다. 하루 한 짐이 목표였다.

그 : 빼먹지 않았나?

나 : 집안에 대소사가 있는데 어떻게 빼먹지 않을 수 있나? 그럴 때는 전날이나 다음 날 빼먹는 날의 몫까지 베어다 먹였다.

그 : 어디서 베어 왔나?

나 : 다행히 가까운 곳에 갈대밭이 있다. 저기 보이지 않나? 저곳에 가서 베어 왔다. 이쪽을 베어 먹이고, 저쪽을 베어 먹일 때면 이쪽의 갈대가 베어 먹일 크기로 다시 자랐다.

그 : 그런데 왜 논이 물소인가?

나 : 둘은 서로 닮지 않았나? 둘 다 살아 있다. 살아 움직인다. 논은 느려 움직이는 게 잘 안 보일 뿐이다. 그것이 첫째

이유이고, 둘째는 둘 다 물을 좋아한다는 것이다. 그렇지 않은가? 논은 물이 있어야 논이다. 물이 없는 논은 밭이지 논이 아니다. 그리고 셋째는 풀을 좋아한다는 것이다. 둘 다 풀을 먹고 살아간다. 그래서 논은 물소다.

그 : 그해만 꼴을 베어다 줬나?

나 : 아니다. 두 해 더 했다. 삼 년간 했다. 그리고 올해부터는 중지했다.

그 : 그 이유는 무엇인가?

나 : 물소가 건강해졌기 때문이다. 이제는 제 안의 풀만으로도 살아갈 수 있게 됐다.

그 : 제 안의 풀이라니?

나 : 볏짚과 왕겨, 등겨 그리고 김을 맬 때 나오는 풀 따위를 말한다.

그 : 김도 매는가? 자연농법에서는 무제초라 하여, 김매기를 하지 않지 않는가? 그리고 당신은 자연농법으로 농사를 짓지 않는가?

나 : 풀을 하나도 남김없이 뽑아 버리는 일반적인 제초는 물론 하지 않는다. 자연농법에서는 풀과 싸우지 않는 길을 간다. 함께 사는 길을 찾는다. 그 길에는 여러 가지가 있다. 그중에 내가 쓰는 방법은 풀 베어 주기다. 뽑지 않고 벤다. 베

어서 그 자리에 펴 놓는다. 또 한꺼번에 베지 않고, 한 줄씩 건너 뛰어 벤다.

그 : 왜 그렇게 하나?

나 : 논에는 풀도 살지만 벌레도 산다. 풀은 벌레의 밥이자 집이다. 한꺼번에 다 없애서는 안 된다. 한 줄씩 베면, 안 벤 줄의 풀에 의지해 벌레들이, 논의 소동물들이 살아간다.

그 : 그렇게 안 하면 안 되나?

나 : 그렇게 안 해서 지금 세상의 땅과 물과 공기가 더러워졌다. 인류는 농경문화가 시작된 이후로 계속해서 지구를 파괴하는 방식으로 세 끼 밥을 먹고 있다.

그 : 하지만 당신의 방식으로는 인류 전체가 먹고살아 갈 수 없지 않은가?

나 : 그렇다고 현대 농업에 미래가 있는가? 없다. 큰 변화가 필요하다. 자연농법의 길도 여럿이, 예를 들어 나라 전체가 새로운 생각으로 판을 짜면 가능하다. 자연농법의 나라도 만들 수 있지 않겠는가? 북미의 작은 나라인 코스타리카에는 군대가 없다 하지 않는가?

그 : 군대라 하니 생각나는데, 당신은 어떻게 탈곡을 하는가? 콤바인을 쓰지 않는가?

나 : 안 쓴다. 나는 낫으로 베고, 발탈곡기로 턴다.

그 : 물소이기 때문에?

나 : 그렇다. 트랙터나 콤바인과 같은 대형 농기계가 들어가면 물소의 배가 찢어진다. 뱃속의 장기에 협착이 일어난다. 그러므로 대형 농기계는 일절 출입 금지다.

그 : 아무래도 수확량이 떨어질 것 같다?

나 : 현재 일반 논의 5분의 3 정도다. 하지만 이 논에는 비료도 농약도 들어가지 않는다. 트랙터나 콤바인을 쓰지 않으므로 석유 또한 필요 없다. 씨앗과 우리 부부의 힘만 있으면 된다. 수확량은 앞으로 해마다 늘어날 것이다. 땅을 갈지 않으면, 그리고 난 것을 돌려주면 물소가 해마다 조금씩이나마 더 건강해져 갈 것이기 때문이다.

그 : 당신은 지구라는 말을 많이 하는데, 당신에게 지구는 무엇인가?

나 : 멀리서 보면 지구 하나가 있다. 우리 모두는 그 안에서 나왔다가 들어가기를 반복한다. 늘 사람이 아니다. 다른 것으로 바뀐다. 풀도 되고 벌레도 된다. 그러므로 우리는 모두와, 사람끼리는 물론 식물과 동물 모두까지 존중하는 방식으로 살아가야 한다. 해충과도 사이좋게 살아갈 길을 찾아야 한다. 새로운 시작 없이는 인류는 공룡처럼 곧 멸망하게 될 것이다.

밭으로 자리를 옮겼다. 따라서 화제도 바뀌었다.

그 : 지구학교라는 이름의 모임이 있다고 들었다. 뭐하는 모임인가?

나 : 자연농 위에서 살고 싶은 사람들의 모임이다. 자연농의 철학과 기술을 배운다. 나의 논과 밭이 교재다.

그 : 논과 밭이 교재라니, 무슨 말인가?

나 : 논밭이 도움이 된다. 실물이기 때문이다. 아, 자연농의 논밭은 이렇구나! 이렇게 다르구나! 정말 자연농이 되는구나, 하고.

그 : 그럼 당신은 무얼 하는가?

나 : 나는 어떻게 하면 이런 논밭이 되는지, 또 왜 그렇게 해야 하는지에 대한 내 경험을 말한다.

그 : 자연농의 철학과 기술을?

나 : 그렇다.

그 : 논이 물소라면 밭은 소 아닌가?

나 : 하하, 그렇다. 밭은 소처럼 살아 움직이고, 풀을 좋아한다.

3

바람에 실려 온 편지

 하느님을
만나다

1

그날, 나는 신을 만났다. 우연히, 정말 우연히.

신용카드가 망가졌다. 나는 카드 회사에 새 카드를 주문했다. 얼마 뒤 새 신용카드가 등기로 왔다.

카드에는 '수령 등록 이전에는 모든 거래 불가'라고 쓰여 있었다. 이전 카드는 쓸 수 없다는 뜻인가? 궁금했다. 그렇다면 문제가 있었다. 나는 며칠 전에 한 서점에 몇 권의 책을 주문해 놓은 상태였다. 이전 카드 사용이 불가하다면 서둘러 그 서점에 새 카드 번호를 알려야 했다.

하지만 카드 회사의 민원 담당자는 딴소리를 했다.

"90일 안에 등록을 하지 않으면 이전 카드는 자동으로 못 쓰게 됩니다."

내가 궁금한 것은 '오늘 새 카드를 받았는데, 이전 카드가 현재 사용 가능하느냐?'는 것이었다. 내가 다시 물어도 담당자는 '90일 안의 등록' 이야기를 세 번이나 반복했다. 뭔가 딴짓을 하며 전화를 받고 있나? 그렇지 않고서야 계속 딴소리를 할 리 없었다. 나는 조금 언성을 높여 말했다.

"여보세요. 이쪽의 말을 잘 들어 보세요. 제가 알고 싶은 것은……."

큰소리가 효과가 있었다. 바로 제대로 된 답이 왔다.

그런데 언제 신을 만났냐고? 그 뒤였다. 전화를 끊고 나니 바로 신이 나타났다. 아니, 내가 언성을 높이는 그 순간 바로 신이 나타났다. 나타나 이렇게 말했다.

"그렇지 않아도 더운 날에 그런 일로 핏대는 왜 세워? 저쪽 생각을 해야지."

그랬다. 전화를 끊고 나니 바로 후회가 됐다. 굳이 그렇게 할 필요가 없었다. 그날은 8월 14일, 한창 더운 때였다. 얼마든지 부드럽게 말할 수 있지 않았나? 물론 저쪽에서 딴전을 피우고 있었다. 그렇더라도 성을 낼 필요는 없었다. 따뜻하게 말할 수 있었다.

수양이 부족한 행동이었다. 누가 보고 있었다면 그렇게 못 했을 것이다. 아무도 보는 사람이 없다고 여기고 한 막돼먹은 행동이었다.

하지만 정말 보는 사람이 없었을까? 그것은 모른다. 내 가족 중에 누가 들었을 수도 있고, 지나가던 이웃이 있었을 수도 있다. 사람이 없었다면 그것으로 끝인가? 아니다. 하늘이 보고 있었고, 내 양심이 보고 있었다.

2

가는 길 내내 눈이 내렸다. 오후에는 해가 나리라는 일기 예보는 맞지 않았다. 속도를 낼 수 없었다. 죽령 터널을 빠져나오자 길이 얼어붙어 있었다. 차들이 기기 시작했다. 70, 50, 30까지 속도를 줄여야 했다. 30에서도 안심할 수 없었다. 브레이크를 밟을 수 없어 차간 거리가 좁혀지면 속이 탔다. 브레이크를 밟으면 차가 미끄러질 터이고, 그 바람에 속도를 제어하지 못하게 되면 앞차를 들이받게 될지도 몰랐다. 그런 순간들을 두 차례 넘기며 결빙 지역을 통과했다.

눈은 목적지인 경북 예천에 도착했을 때도 내리고 있었다. 그 눈을 맞으며 바로 옷을 갈아입고 일을 시작했다. 질통에 진흙을 담아 지고 지붕까지 나르는 일이었다. 힘든 일이어서 오히려 좋았다. 입은 옷이 허술했지만 어느새 몸에서 추위가 가셨다. 한기를 막기 위해서라도 열심히 등짐을 져야 했다.

진흙 올리기를 끝낸 뒤에는 합판 덮기였다. 원형 집이라서 일이 더뎠다. 서까래에 맞춰 합판을 자르는 데 시간이 많이 걸렸다. 내가 맡은 일은 합판을 지붕 위로 올리고, 못을 박아 합판을 서까래에 고정시키는 일이었다.

그 일은 다음 날까지 계속됐다. 눈은 그쳤지만 바람이 불었다. 바람이 합판을 밀었다. 바람을 피할 수 있는 길은 단 하나였다. 바람이 부는 쪽을 향해 합판을 들어야 했다. 그렇게 안 하면 사다리를 타고 오르다가 바람을 맞은 합판을 안고 합판과 함께 사다리에서 떨어질 게 뻔했다.

탈은 바람이 아니라 지붕 위에 합판을 내려놓는 짧은 순간에 벌어졌다. 내려놓는 합판 모서리에 왼손 새끼손가락이 찍혔다. 장갑을 끼고 있어 상처를 볼 수 없었지만 통증이 굉장했다.

곧 피가 배어 나오기 시작했다. 장갑을 벗었다. 상처는 2센티미터쯤 돼 보였다. 살점이 너덜거렸다. 만만찮은 상처였다. 둘러보아도 응급조치를 할 물건이 눈에 띄지 않았다. 화장지를 찾아 그것으로 피를 막았으나 한참을 찾아보아도 그 화장지를 붙잡아 맬 끈이 보이지 않았다. 집주인 모르게 처리를 하고 일을 마저 하고 싶은 바람을 접을 수밖에 없었다. 집주인이 찾아온 테이프로 상처 부위를 꽉 묶고 그 위에 장갑을 끼고 다시 일을 시작했다.

"괜찮아. 가벼운 상처야."

그렇게 말했지만 통증이 만만치 않았다. 혼자 막걸리를 거푸 두 잔 따라 마시고 일에 달려들었다.

손에 난 상처는 테이프로 잘 고정한 뒤 손을 심장 위로 들고 하루 혹은 이틀만 지나면 절로 아문다. 약 하나 안 바르고도 그렇게 하면 상처가 감쪽같이 낫는다. 이미 내 몸으로 여러 번 경험했고, 주변 사람 중에도 그렇게 해서 나은 사람이 있다. 그런 경험이 있어 걱정이 없기는 했으나 상처에 일이 나쁜 것도 사실이었다. 테이프로 꼭 싸맸지만 힘을 줄 때마다 째진 곳으로 피가 샐 것이었고, 그것이 째진 곳을 봉합하려는 자연치유력을 방해할 게 분명했다. 하지만 날이 저물고 있었고, 그 집에서는 그 날 일을 마쳐야 했다.

'손을 하루 더 들고 있으면 되겠지.'

그렇게 생각하며 나는 일을 마저 마쳤다.

돌아오는 길에 내내 운전을 한 것은 다친 손 때문이었다. 다친 손을 핸들 위에 놓으면 심장보다 위가 됐다. 한 손으로도 운전이 가능한 고속도로에서는 상처가 난 손을 심장 위로 들고 흔들며 왔다.

헤드라이트는 도로만을 비출 뿐이어서 도로 바깥은 아무 것도 보이지 않았다. 밤길 세 시간! 우리는 심심해서라도 이 야기를 할 수밖에 없었다.

"어땠어요?"

1박 2일 남의 집 집짓기에 갔던 것이 어땠냐고 아내가 묻고 있었다. 힘들었다. 눈보라를 맞으며 내려갔고, 눈과 강풍, 강추위 속에서 하루 반나절 일을 했다. 다치기도 했다. 손가락의 통증은 점점 심해졌다. 그래도 좋았다. 아니, 힘들어서 좋았다.

집에 도착하여 샤워를 할 때 문자가 왔다. 집을 짓는 집이 었다.

'감사합니다. 천군만마가 다녀간 느낌입니다.'

3

사흘 동안 손을 들고 지냈다. 테이프를 세게 붙여 손가락이 저렸지만 참았다. 큰 상처였다. 여태까지 경험하지 못한 크기 였다. 괜찮을까?

나흘째 되는 날 아침, 조심스럽게 테이프를 풀었다. 감쪽같았다! 흔적은 남아 있었지만 세게 눌러도 벌어지지 않았다. 잡아당겨도 벌어지지 않았다. 지금은, 3년이 지난 지금은 그 상처의 흔적조차 사라지고 없다.

누가 붙였을까? 내가 아니다. 사람들은 그것을 자연치유력이라고 한다. 그렇다면 그 힘은 어디서 오는가?

그뿐이 아니다. 지구는 둥근데 우리는 떨어지지 않는다. 개미는 큰 나무를 제 집처럼 올라 다니고, 높은 데서 떨어져도 다치는 법이 없다. 불은 제 스스로는 절대로 모습을 드러내지 않고 사람이 불러내야 비로소 나타난다. 3월이면 해마다 냉이와 씀바귀가 나고, 가을에는 낙엽이 지는데, 무슨 힘으로 그런 반복이 일어나는 것일까?

남에게 잘못했을 때 느껴지는 부끄러움을 포함하여 이 모든 것들이 하느님과 무관하지 않다. 우리는 그 속에서 하느님과 만난다.

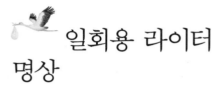

일회용 라이터 명상

1

한 평 크기의 내 작업실에는 아궁이가 있다. 날이 추워지면 그 아궁이에 불을 때기 시작한다. 아주 찬 며칠을 빼고는 겨울 내내 하루 한 번 불을 땐다. 어느 때 때는가 하면 아침에 땐다.

아침인 이유는 무엇인가?

가을걷이가 끝나면 내 일과는 바뀐다. 논밭에 나가던 농사철과 달리 나는 작업실에서 하루를 보낸다. 작업실이 하루의 중심이 된다. 적어도 오전 시간은 작업실에서 보낸다. 작업실에서 무엇을 하는가 하면 앉은뱅이책상에 앉아 책을 읽거나 글을 쓴다. 차를 마시고, 눈 내리는 것을 본다.

오래전에 지은, 벽이 얇은 집이라서 방 안 공기가 차다. 말을 할 때면 굴뚝처럼 입에서 하얀 김이 솟아난다. 손이 시리다. 방바닥 온기의 도움 없이는 버티기 어렵다. 그래서 아침이다. 아침이 더 따뜻해야 한다. 밤에는 이불 속으로 들어가기 때문에 방바닥 온도가 아침만 못해도 괜찮다.

불은 일회용 가스라이터로 불러온다. 갑자기 기온이 뚝 떨어진 어느 날 아침이었다. 가스라이터가 말을 듣지 않았다. 불을 불러오지 못했다. 몇 번 다시 해 봐도 마찬가지였다.

'가스가 떨어졌나?'

아니었다. 반 이상이 남아 있었다. 혹시나 싶어 다시 켜 보았다. 불꽃이 솟아올랐다. 그런 일이 며칠 계속되고 난 뒤에 알았다.

가스도 온기가 필요하다. 가스도 사람처럼 추위를 탔다. 기온이 떨어지면 행동이 둔해진다. 제 기능을 내지 못한다.

2

내 작업실 아궁이에는 바람막이가 없다. 찬바람을 막는 그어떤 장치도 없이 한겨울에 그대로 노출이 돼 있다. 그런데도 나는 내 일회용 가스라이터를 그냥 그곳에 두고 쓴다. 물론 여러 번 주머니에 넣어 둘까 하는 생각도 했다. 방 안에 두고 쓸까 하는 생각도 했다. 하지만 나는 일부러 아궁이 곁에 그 라이터를 두고 쓰기로 했다.

아주 추운 날도, 예를 들어 기온이 영하 15도 이하로 떨어지는 날에도 그 라이터는 내게 불을 내어 줬다. 물론 시간이 필요했다. 추운 날에는 내가 그의 몸을 덥혀 줘야 했다.

어떻게 덥히는가? 손에 쥐고 있을 뿐이다. 손이 찰 때는 양손 사이에 넣고 비빈다. 몹시 추워 손이 시린 날에는 주머니에 손을 넣고 기다린다. 더 찬 날에는 주머니에 손을 넣고 몸에 열을 내기 위해 경중경중 뛴다.

이른 아침이다. 마을이 깨어나기 전이다. 겨울이 혹독하지만 아름다운 얼굴로 거기 있다.

동지 무렵에는 여섯 시가 넘어서도 하늘에 별이 있고 달이 있다. 일곱 시나 돼야 날이 밝는다. 그 시간에도 마을은 여전히 조용하다. 겨울의 사랑 덕분이다. 겨울이 무서운 얼굴로 명령한다. 일찍 일어나지 마라, 나다니지 말고 늦게까지 푹 쉬어라. 그것이 겨울의 사랑이다.

그렇게 맨 얼굴의 겨울과 만나다 라이터를 켜면 고맙게도 불꽃이 솟아난다. 다는 아니다. 안 일어날 때도 있다. 서둘렀다는 뜻이다. 그런 날이 있다. 사실 가스라이터는 성격이 좋다. 짧은 시간 안에 금방 마음을 푼다. 엄청 추운 날에도 잠깐이면 되는데 그 시간을 못 기다리는 날이 있다.

실제로는 짧은 시간이다. 일 분 내외. 길어야 이삼 분. 물론 겨울 추위 속에서는 그 시간도 꽤나 길게 느껴지지만 그래도 나는 그 라이터를 주머니에 넣거나 방 안으로 들이지 않는다. 라이터의 몸을 녹이는 그 시간이 좋기 때문이다.

내 몸의 온기가 라이터로 옮겨지고, 그 결과 불이 일어나는 게 나는 좋다. 또한 그것이 비록 짧은 시간일지라도 기다려야 하는 게 좋다. 또한 그 시간이 만만치 않아서, 견디기 쉽지 않아서 좋다. 그럴수록 라이터와의 만남이 내밀해지기 때문이다. 소중해지기 때문이다.

3

나무는 신기하다. 불에 탄다. 지상에 있는 어떤 것도 불이 붙지 않는다. 나무만이 유일하게 불을 만들어 낸다. 가스와 석유는 땅속에서 퍼내야 하므로 땅위의 것이 아니다. 나무와 풀을 빼고는 어떤 것에도 불이 붙지 않는다. 공기에도 불이 붙지 않는다. 정말로 다행스러운 일이다. 공기가 탄다면 우리

는 불을 사용할 수 없다. 물에도 흙에도 불이 붙지 않는다. 돌도 바람도 불에 타지 않는다. 단 하나 식물만이 불을 만들어 낸다. 감사하지 않을 수 없는 구조다. 물이나 흙에 불이 붙는다면? 생각만 해도 끔찍하다.

마른 나무는 불을 만나면 받아 안고 스스로를 태운다. 물도 바람도 흙도 바위도 못하는 나무만이 지닌 능력이다. 나무에 불이 붙으면 거기서 인류의 생활에 없어서는 안 되는 두 가지, 열과 빛이 나온다. 그 빛으로 우리는 어둠을 밝히고, 그 열로 우리는 방을 따뜻하게 만들고 요리를 한다.

나무만이 태양 에너지를 붙잡아 저장해 둘 수 있다. 나뭇잎이 그 일을 한다. 땅속에서 얻는 물과 영양소, 대기 속에서 구하는 이산화탄소로 태양을 버무려 자신의 몸 안에 저장한다. 오로지 나무만이 그 일을 하고, 나무가 있어 인류는 추운 지방에서도 살아간다. 한겨울을 춥지 않게 난다. 한국은 물론 많은 나라가 나무가 있어 겨울을 난다.

밤에 별이 말한다.

"나무 있는, 네가 사는 별이 별 중에 최고야. 수많은 별들 중에 나무 있는 별은 네가 사는 별뿐이야. 너희는 그걸 모르고 살고 있지만."

도서관이
가까이 있으면

1

남동생네 집에 가서 하룻밤 묵던 날, 아침 산책길에 보았다.
걸어서 5분 거리에 도서관이 있었다. 새로 지은, 작지만 멋있
고 또 편의 시설도 잘 갖춰진 도서관이었다. 책도 볼 수 있
고, 영화도 볼 수 있었다.

　아내와 내게는 같은 꿈이 몇 개 있는데, 그중 하나가 가까
이 있는 도서관이다.

　"걸어서 갈 수 있는 곳에 도서관이 있으면 얼마나 좋을
까!"

　"그럼 난 날마다 그곳에 갈 거 같아!"

"가까이 도서관이 있다면 나는 애를 유치원에 안 보낼 거야. 함께 도서관에 다닐 거야."

"그것도 좋겠네. 요즘 도서관에는 취학 전 아이들을 위한 방이 있으니까. 유아실이라고 하던가?"

"이름은 모르겠네."

"그런데, 농사는 어떻게 해?"

"늘 바쁜 건 아니니까. 또 바쁠 땐 가끔 가면 되고."

"그렇지. 그러면 되겠네."

"나는 일주일에 한 번은 영화를 보러 갈 거야."

"농사는 어떻게 해?"

"비 오는 날 가면 되지."

"그렇담 나도 가야지. 같이 가."

"아, 가까이 도서관이 있으면 좋겠다!"

"그러게!"

"그러면 가까이 무지하게 큰 서재가 있는 셈이 되는데!"

"그것만인가. 무료 영화관도 하나 얻는 거지."

"아, 부럽다!"

"아, 아쉽다!"

물론 내가 사는 곳에도 도서관이 있다. 하지만 멀다. 차로 30분 거리다. 그러므로 자주 못 간다. 대출 기한에 맞춰 2주에 한 번 가고, 바쁠 땐 더 늘어난다. 그 도서관에도 영상실이 있지만 한 번도 이용하지 못했다.

그래도 우리 식구의 도서관 이용률은 최상위권이다. 읍내에 가는 가장 많은 이유 중의 하나가 도서관이고, 다른 일이 있어 나갈 때도 참새가 방앗간을 그냥 못 지나가듯 우리는 도서관을 빼먹고 오지 못한다.

외국 여행길에도 그랬다. 도서관을 만나면 나는 그냥 지나치지 못한다. 그렇게 만났던 도서관 하나가 뉴질랜드의 티티랑이Titirangi 도서관이다. 딸아이의 대학 졸업식에 참석했다가 딸애와 함께 간 오클랜드 시외의 아라타키Arataki 숲길, 그 길을 걷던 날 근처로 점심을 먹으러 간 곳에서 만난 작은 도서관이었다. 80평쯤 되는 그 도서관은 입구에서 보면 왼쪽은 아이들을 위한 공간이었고, 오른쪽은 어른들을 위한 공간이었다. 단 하나의 방으로 이루어진 작은 도서관이었다.

한구석에는 책상이 여럿 놓여 있었고, 그곳에서는 노트북을 이용할 수 있었다. 그중 한 책상을 중년 여성 하나가 차지하고 앉아 있었다. 그녀는 그곳에서 독서가 아니라 글을 쓰고 있었다. 그녀는 가끔 창밖을 내다보다가 컴퓨터 자판을 두드렸고, 노트에 메모를 하다가 다시 자판을 두드렸다.

푹신한 소파도 놓여 있었고, 그곳에는 한 노인이 앉아 책을 읽고 있었는데, 그곳에서도 같은 생각이 들었다.

'아, 집 가까이 도서관이 있다면 얼마나 좋을까.'

대통령이 된다면 나는 도서관 숫자를 대폭 늘리는 정책부터 펼 것이다. 크든 작든 단체 활동을 해 본 사람들은 알리라. 구성원의 의식이 어느 선이냐에 따라 할 일이 정해진다. 국민 의식을 깨우지 않고는 국격, 달리 말해 나라의 수준, 나라의 품위를 올릴 길이 없다.

3

독서 하면 떠오르는 대학이 있다. 미국의 시카고 대학교. 독서를 통해 삼류 대학에서 일류 대학으로 도약한 대학이다.

시카고 대학에서는 모든 학생에게 재학 기간 안에 고전 100권을 읽히는데, 결과는 놀라웠다. 고전 100권 읽기를 시작한 뒤로부터 2013년 공동으로 노벨 경제학상을 수상한 유진 파마와 마스 피터 한센까지 무려 89명의 이 대학 졸업생이 노벨상을 받았다.

고전 100권 읽기는 1929년에 시카고 대학의 제5대 총장으로 부임한 로버트 허친스로부터 시작됐는데, 그는 존 스튜어트 밀에게 영향을 받은 것으로 알려져 있다.

존 스튜어트 밀은 영국의 철학자다. 그의 아버지 제임스 밀의 교육법은 특이했다. 제임스 밀은 어린 아들에게 플라톤, 소크라테스, 디오게네스, 헤로도토스와 같은 유명 철학자의 철학책을 읽게 했다. 읽으며 핵심 메시지를 메모하게 했고, 읽기를 마치면 메모한 것을 바탕으로 전체 내용을 요약 정리하여 구술토록 했다. 그 뒤는 토론이다. 이 과정을 통해 아들은 읽은 책을 깊이 이해하게 된다.

거의 모든 사람들이 이와 다르게 책을 읽는다.

1) 좀처럼 철학서나 고전을 읽지 않는다.

2) 책을 읽더라도 새기는 시간을 갖지 않는다.

3) 읽은 책의 내용을 말하거나 토론하는 일이 거의 없다.

《태백산맥》의 작가인 조정래는 자신의 책《황홀한 글감옥》에서 책을 읽으면 책을 읽은 시간 이상 그 책의 내용에 대해 생각해 보는 시간을 가지라고 권하고 있다. 그런 시간을 갖지 않고서는 그 책의 내용을 자기 것으로 만들 수 없다는 게 이유였다.

이스라엘의 도서관은 시끄럽다. 몰상식한 사람들이 모여들어서가 아니다. 토론 문화의 나라이기 때문이다. 이스라엘 도서관에서는 읽은 책의 내용을 놓고, 혹은 시사 문제를 놓고 둘씩 짝을 지어 토론을 한다. 아는 사람끼리가 아니다. 아는 사람끼리도 하지만 모르는 사람과도 짝을 짓는다. 짝을 지어 토론한다. 그 광경을 텔레비전을 통해 본 적이 있는데, 대단했다.

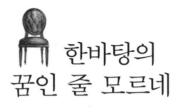

한바탕의
꿈인 줄 모르네

1

짧은 여행길이었다. 전주에서 아는 사람 몇과 점심 한때를 보냈다. 갈치 백반으로 점심을 먹고 나니 마침 곁에 조선의 첫 임금인 태조 이성계의 영정이 봉안돼 있는 것으로 유명한 경기전慶基殿이 있었다. 산책하기 좋은 곳이었는데, 그곳은 그때 마침 축제의 장소로 쓰이고 있었다.

　전국 실버 축제! 실버, 곧 노년이 테마인 축제였다. 경기전에서는 노인들이 즐길 수 있는 다양한 놀이들이 시연되고 있었다.

　투호, 장기, 윷놀이 등. 윷놀이는 말판이 색달랐다. 이조 시대 때 벼슬이 전지 한 장에 빼곡하게 적혀 있는 말판이었다. 내직으로는 종 9품에서 정 1품까지, 외직으로는 참봉, 고을 수령에서 요즘의 도지사에 해당하는 관찰사까지 총 150개의 벼슬이 있었다.

먼저 영의정에 도착하면 이기게 돼 있는데, 윷과 모를 둔다고 하여 이길 수 있는 게 아니었다. 윷에 '빠꾸 도'가 있는 것처럼 '좌천'이 있었다. 형조 판서까지 갔다가 경상남도 어느 시골 읍의 현감으로 좌천이 됐다.

그때 윷을 놓은 것은 나와 '하늘이 낸 백수'였다. 내가 앞서 출세를 할 때가 있었고, '하늘이 낸 백수'가 앞설 때도 있었다. 그도 나도 끝까지 앞서지는 못했다. 앞서가다가도 좌천을 당해 미관말직으로 밀려났고, 변변치 않은 벼슬을 하다가 단숨에 판서가 되기도 했다.

그 놀이를 하며 나는 놀랐다. 그것은 말 그대로 놀이다. 그런데 나는 내가 '하늘이 낸 백수'보다 앞서 나가면 좋았고, 뒤처지면 싫었다. 그가 좌천이 되면 속으로 쾌재를 불렀다. 내가 좌천이 되면 정말 좌천이라도 된 것처럼 속이 쓰렸다.

더 괴로운 것은 내가 아무리 힘을 써도 그런 말도 안 되는 내 심리의 '엎치락뒤치락'을 제어할 수 없다는 것이었다.

"최성현, 이것은 놀이일 뿐이야. 왜 그래?"

속으로 이렇게 타일러도 내 안의 나는 시간이 갈수록 더 말판에 사로잡혀 갔다.

"마음 편히 놀란 말이야. 지면 어때? 이건 놀이일 뿐이잖아?"

그래도 안 됐다. 내 힘으로는 안 됐다.

다행히 구경을 하던 이 중의 하나가 그만하자고 했다. '하늘이 낸 백수'도 힘들었는지, 더 하자는 소리를 하지 않았다. 나는 실제로 벼슬길에 나가 50년을 보낸 것처럼 피곤했다. 그만 다 버리고 어느 시골에 가서 농막을 짓고 지친 몸과 마음을 달래고 싶었다.

그날 윷놀이는 그렇게 내 육체 속에 숨어 있는 내 영혼의 모습을 한눈에 보여 줬다.

또 이런 일도 있었다.

어느 책에 내가 아는 이가 소개돼 있었다. 그 책을 통해 내가 아는 그 사람은 하늘을 날고 있었다. 그는 그 책에 아주 좋은 사람으로 그려져 있었고, 내가 아는 한 그 내용은 사실이었다.

그런데 그 글을 읽으며 나는 놀랍게도 불편했다. 질투가 났다. 그것도 거세게.

'왜 이래, 최성현? 배 아파 할 일이 아니잖아? 그가 잘돼서

나쁠 게 없잖아? 너는 그의 친구이기도 하고?'

　이렇게 마음을 달래도 내 마음의 바다에 일던 파도는 잠을 자지 않고 오래오래 뒤척였다.

　그런 일이 하나둘이 아닌 것만 밝히고 그만하자. 벌써 분명하다. 나는 악인惡人이다. 어리석은 사람이다. 부끄러운 일이 한둘이 아니다. 한심하다.

2

이런 꿈도 있다.

　어딘가를 가는 길이었다. 도로에 지갑이 하나 떨어져 있는 게 보였다. 두툼했다. 돈이 많이 들어 있는 것 같았다. 욕심이 생겼다. 주위를 둘러보니 뒤에서 오는 이가 있었다. 얼른 지갑을 발로 밟아 감췄다. 여기저기 돌아보며 주변 구경을 하는 척했다. 발자국 소리가 가까워졌다. 그 사람이 뭘 하고 있느냐고 물으면 귀찮을 것 같아 한 꾀를 냈다. 바지춤을 열고 오줌을 누었다. 거기서 잠에서 깼다. 지갑은 없고, 잠옷 바지만 오줌에 젖어 있었다.

　잠을 자며 꾸는 꿈이라면 이 정도로 끝이 난다. 하지만 생시의 꿈은 만만치 않다. 한국의 입시를 예로 들어 보자.

유치원부터 영어 교육을 시킨다. 선행 학습을 시키는 부모도 있다. 초등학교 고학년이 되면 벌써 밤늦게까지 과외 수업을 받는다. 그것이 고등학교 3학년까지 이어진다. 잠 한 번 실컷 자 보기 어렵고, 마음 편히 여행 한 번 못 가 보고 10대가 지나간다. 당사자만이 아니다. 부모 또한 함께 고통을 받는다. 이 모든 것이 좋은 대학이라는 꿈 때문이라는 걸 사람들은 잘 모른다. 그것이 꿈이 아닌 줄 안다. 대학 서열 또한 꿈이라는 걸 사람들은 모른다. 공무원이 되거나 큰 회사에 취직을 하면 행복하리라는 것도 하나의 꿈에 지나지 않는다. 아침부터 밤까지 쉬지도 못하고, 잠도 못 자고, 남을 이기고자 혈안이 돼서 살아간다. 그것이 꿈인 줄을 모른다. 한국인 모두가 꾸는 꿈이기 때문에 더욱 꿈인 줄 알기 어렵다.

그렇다. 꿈인 걸 알아도 벗어나기 어렵다. 그 안에서 살아야 하기 때문이다. 그래도 꿈이라는 걸 알면 그로 인한 경험이 다르다. 무슨 말인가 하면, 꿈인 줄 알면 덜 고통을 받는다. 보다 여유 있게 처신할 수 있다. 다른 꿈을 꿀 수도 있다. 한 군데 함께 빠져 허우적대지 않고 다른 삶을 살 수 있다는 거다.

학교만이 아니라 경제, 정치 따위가 사실은 모두 꿈이다. 내 나라니 네 나라니 하는 것도 꿈이다. 큰 꿈이다. 모두 꿈을 꾸고 있는데, 그것이 꿈인 줄 아는 사람이 별로 없다. 꿈이건만 사실인 줄 알고 울고 웃는다. 성을 내고 핏대를 세우고 사람을 해친다. 심지어 자살을 하고 살인을 하는 이조차 있다. 전쟁도 꿈속의 일이다. 깨어 있다면 전쟁을 할 수 없다.

얼마 전에 예수가 태어난 나라가 어딘지 알고 싶어 지도를 찾아보았다. 물론 나는 전부터 알고 있었다. 그가 이스라엘에서 태어났다는 걸. 이스라엘의 베들레헴에서 태어났다는 걸. 그런데도 지도를 폈던 데는 이스라엘과 팔레스타인의 전쟁 때문이었다. 궁금했다. 이스라엘이 예수가 태어난 나라가 맞는지? 아닐 것 같았다. 예수가 태어난 나라라면 그렇게 오래 싸울 수 없을 것 같았다. 뭔가 내 기억이 잘못돼 있을 것 같았다. 그렇지 않고는 그렇게 무자비한 전쟁을 계속할 리 없었다.

지도에서 보니 베들레헴은 이스라엘의 도시였고, 분쟁 지역인 팔레스타인의 가자 지역은 그곳에서 불과 얼마 안 떨어진 곳에 있었다. 놀라운 일이었다. '네 이웃을 네 몸처럼 사랑하라', '원수를 사랑하라', '일흔일곱 번이라도 용서하라'라는 가르침으로 전 세계에서 가장 많은 팬을 가진 이가 예수 아닌가? 그런데 이스라엘은 팔레스타인과 그 반대의 길을 걷고 있다니.

나라 또한 큰 꿈이다. 다른 민족, 다른 나라에 대한 증오나 미움 또한 꿈이다. 거의 모든 사람이 그것이 꿈인 줄조차 모르고 살아가지만, 알더라도 벗어나기 어려운 꿈이다. 어디서부터 풀어야 할지 실마리가 보이지 않는 실타래다.

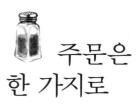 주문은
한 가지로

1

우리 3대 다섯 식구는 가끔 외식을 한다. 기념해야 할 날, 감사해야 할 날, 생각지 않은 돈이 생긴 날 등에는 외출복으로 갈아입고 식당으로 밥을 먹으러 간다.

우리 부부끼리는 좀처럼 외식을 하지 않는다. 일이 있어 어딘가에 갈 때조차 우리는 도시락을 싸서 들고 간다. 그런 우리를 어머니는 이해하기 어렵다.

"몇 푼 한다고 한 그릇 사 먹지 그렇게 궁상을 떠냐!"

"애 엄마 귀찮게 하지 말고 사 먹어라."

무슨 말을 하시든 귓등으로 흘리고 나 혹은 우리는 도시락을 들고 집을 나선다. 왜 이렇게 하는가 하면 무엇보다도 나(우리)는 막힌 공간을 싫어하기 때문이다. 도시락이 있으면 야외에서 맑은 바람, 나무, 하늘, 새소리를 즐길 수 있다.

마음이 편하다는 장점도 있다. 무엇을 먹을까, 어느 집에 갈까 하는 걱정을 할 필요가 없다. 어디나 앉을 자리는 있기 마련이고, 사전에 조사를 해 두면 상당히 좋은 장소를 찾을 수 있다. 한국도 이제는 크고 작은 공원이 많다.

뱃속도 도시락 쪽이 훨씬 편하다. 꼭 밥과 반찬으로 이루어진 도시락이 아니어도 좋다. 여름의 옥수수, 겨울의 감자, 고구마 등도 한 끼 식사로 좋다. 명절 때 만들어 먹고 남은 떡도 얼려 두면 나들이 때 도시락 대용이 된다. 그 밖에 도시락은 외출 비용을 줄여 준다. 이런 이유들로 우리 부부는 외식을 하러 가는 일이 거의 없다.

하지만 세상은 우리 부부 둘뿐이 아니다. 우리 집안만 쳐도 우리 부부 말고 부모님이 있고, 딸이 있다. 3대가 한 집에 산다. 우리 부부는 외식을 거의 안 하지만 부모님과는 가끔 하는데, 메뉴는 몇이 가든 늘 하나다.

부모님은 늘 한 가지 음식을 주문한다. 그것은 우리가 함께 가도 같다.

식당에 가기 전에 음식이 정해지는 때와 그렇지 않을 때가 있다. '뭘 먹으러 가자', 이렇게 거의 가기 전에 메뉴가 정해지지만 그렇지 않을 때도 간혹 있는데 이때 우리는 부딪친다.

아내와 난 서로 좋아하는 것을 시켜 먹는다. 그것을 당연하게 생각한다. 서로 다른 것을 주문해서 상대방 음식까지 맛보는 즐거움을 누린다.

부모님은 우리와 다르다. 부모님은 무조건 한 가지로 통일한다. 한 사람이 포기하면 된다.

한 한식 식당에서 벌어진 일이다. 그때 우리는 친척 형수를 포함하여 다섯이 그 식당에 갔다. 그 집은 해물 칼국수로 유명한 집이었다. 어머니는 그날 칡냉면을 드시고 싶어 했다. 어머니가 시키면 나도 칡냉면을 먹어 볼 생각이었다. 그래서 이렇게 말했다.

"그럼 우리 둘은 칡냉면으로 하지요?"

내 말이 떨어지기 무섭게 아버지의 단호한 목소리가 건너왔다.

"그냥 해물 칼국수로 해."

내가 머쓱해 하자 아버지가 말을 이었다.

"음식하시는 분이 번거로울 거 아니냐?"

어머니도 금방 칡냉면을 놨다.

"그래, 남 불편하게 할 필요 없지."

처음에는 화가 났다. 우리가 식당 주인 생각하러 식당에 왔단 말인가? 차림판에 있다는 것은 늘 그 음식을 만들어 낼 준비가 돼 있다는 뜻인데, 뭐가 문제란 말인가? 남을 배려 하는 마음을 가져야 하는 데는 동감하지만 그래도 좀 지나 친 것이 아닌가?

다행히 나 또한 식성이 좋아 아무거나 잘 먹는다. 주문하 고 싶었던 것이 아니더라도 맛있게 먹을 수 있다. 그래서 메 뉴가 하나로 통일돼도 큰 어려움은 없다. 그래도 부모님처럼 이타적이지 못한 나는 아버지 없이 어머니하고만 간 날에는 내 버릇대로 내가 먹고 싶은 것을 주문한다. 그렇게 하는 데 조금도 거리낌이 없다.

"저는 해물 칼국수요."

다른 사람들이 모두 칡냉면을 먹는다 할 때도 나는 이렇 게 큰 소리로 외친다.

2

《논어》는 여러 개의 장으로 나뉘어 있고, 장마다 이름이 붙 어 있다. 그중 첫 장의 이름은 〈학이學而〉다. 이 장은 많은 사 람들이 알고 있는 글로 시작된다. '학이시습지하면 불역열호

라, 곧 배우고 때로 익히니 기쁘지 아니한가?' 그 다음 문장은 '멀리서 스스로 찾아오는 친구가 있으면 이 아니 즐거울쏘냐'다. 여기서 끝인가 하면 아니다. 한 문장이 더 남아 있다. '인부지이불온 人不知而不愠이면 불역군자호 不亦君子乎라.' 무슨 뜻인가? 인부지, 곧 남이 나를 몰라보아도 불온이면, 곧 성내거나 원망하지 않으면 불역군자호라. 군자가 아니겠는가.

한때 이 글을 책상머리에 적어 놓고 지냈던 적이 있다.

군자를 바라서가 아니었다. 남이 나를 몰라본다 여기고 화를 내거나 속이 상해 혼자 씩씩거리다 시간이 지나 돌아보면 웃기는 짬뽕이었다. 뭔 짓을 했나 부끄러웠다. 속이 가라앉으며 수평이 회복된 눈으로 보면 도무지 공평치 못했다. 나는 남에게 어떻게 했나? 차분히 돌아보면 나는 남이 나를 알아주기를 바랐을 뿐 남을 알아보는 일에 인색했다. 늘 내가 중심이었다. 저울이 내 쪽으로 크게 기울어져 있었다.

원불교를 세운 소태산은 이와 관련해서 좋은 말씀을 남겨 놓았다.

"선을 행하고도 남이 몰라준다고 원망하면 선 가운데 악의 씨가 자라고, 악을 행하고도 참회를 하면 악 가운데 선의 씨앗이 자라나네. 그렇기 때문에 한때의 선으로 자만하고 자족하여 퇴보하지 말 것이며, 또한 한때의 악으로 자포자기하여 타락하지도 말아야 하네."

3

영국의 어느 동물원 이야기다. 그 동물원에는 이런 팻말이
붙은 건물이 있다 한다.

'이 세상에서 가장 흉포한 동물의 우리'

그 우리는 세상에서 가장 흉포한 동물이 사는 우리답게
사방이 막혀 있고, 알림판 아래에 유리로 만들어진 작은 창
이 하나 나 있을 뿐이다. 관람자들은 그 구멍을 통해 그 사
나운 동물을 구경한다.

세상에서 가장 흉포한 동물이라니? 아무도 우리를 그냥
지나치지 못한다.

어떤 동물일까? 유리창을 통해 내부를 본 관람자들은 모
두 놀란다. 동물이 아니라 자신의 얼굴이 거기 있기 때문이
다. 유리는 거울로 돼 있어 보는 사람의 얼굴이 비쳐 보이게
끔 만들어져 있다.

반은 장난이지만 반은 진실이다. 저쪽에 서서, 다시 말해
동물의 자리에 서서 보면 인간은 이 세상에서 가장 흉포한
동물이다. 부정할 수 없는 사실이다. 인간은 무섭다.

남을 위하는 길이 나를 위하는 길임을 일러준, 잊을 수 없는 사건이 있다.

벌써 오래전 일이다. 일이 있어 찾아간 그 사람. 그는 젊어서 방송국에서 근무했고, 천주교 신자였다. 소위 배운 사람이었다.

그런데 식당에서 식당 주인에게, 옌볜에서 왔다는 그 식당 주인에게 그가 보인 행동은 어땠는가? 식당 주인을 위해서 한다는 말이었건만 너무 거만했다. 거드름이 하늘을 찔렀다. 가만히 보고 있기 어려웠다.

식당 주인이 잘 참아낸다 싶었는데, 아니었다. 나는 보았다. 계산을 마치고 식당을 나간 그를 향해, 그가 못 들을 만큼 멀어진 뒤에, 온 힘을 다해 가래침을 돋우어 뱉던 그를 나는 그 식당 안에 있는 화장실에 다녀오며 보았다. 그는 울화통이 터질 것 같았는지 내 시선 따위는 개의치 않았다. 내게는 죽을 때까지 잊을 수 없는 살아 있는 교육이었다.

 걸레
하느님

1

오래전에 내가 살던 집 곁에는 한 수행자가 지은 오두막이
한 채 있었다.

그는 출가하여 승려로 살 꿈을 가진 사람이었다. 하지만
한 사찰의 겨울 안거에 동참했다가 '절집도 사람 사는 곳'임
을 알고 홀로 수행을 하겠다며 그곳에 뚝딱 작은 집 한 채를
지었다.

방 하나에 부엌 하나인 그 집은 그가 수행처를 옮기며 몇
년 뒤에 비게 됐다. 그 집은 내게 '여름 집'이었다. 구들이 망
가져 겨울에는 쓰지 못하게 되며 그런 이름이 붙었다. 판자로

지은 허술한 집이지만 남향인 데다 숲으로 둘러싸여 있어 여름 한철은 부족한 대로 지낼 만했다.

봄부터 가을까지는 가끔 그 집에 갔다. 걸어서 삼사 분쯤 걸리는 그 집은 문이 큰 덕분에 방에 앉아 하늘을 보기 좋았다. 천천히 달이나 별 구경을 하기에 좋은 집이었다. 여름에는 가끔 순전히 밤하늘을 보기 위해 그 집에 가고는 했다.

그 집에는 문짝이 떨어져 나간 작은 농이 하나 있었다. 전에 살던 이가 두고 간 농이다. 그 농은 밑으로 커다란 서랍이 하나 있고, 그 위는 비어 있어 전에 살던 이는 그 공간에 옷을 걸기도 했고, 이불을 넣기도 했다. 그가 떠난 뒤로는 그 서랍과 공간이 비어 있었다.

어떤 일로든 그 집에 가면 나는 거의 빼먹지 않고 두 가지 일을 했다. 먼저 빗자루로 방을 쓸었고, 그 뒤에는 향을 피웠다. 다시 올지도 모를 그를 위해 나는 그 집을 지켜야 했다. 향은 벌레를 쫓고 오래 비운 집에서 나는 곰팡이 냄새를 지웠다. 향대는 모래를 담은 막사발이었다.

주로 책상 위에 놓던 그 막사발이 어느 날부터인가 문짝이 떨어져 나간 그 농의 서랍 위에 놓이게 됐는데, 그 까닭은 이렇다.

향을 피울 때 나는 대개 무릎을 꿇는다. 이유는 없다. 절로 그렇게 된다. 그렇게 하면 마음이 착 가라앉는데, 그게 이유라면 이유일까. 문짝이 떨어져 나간 그 농. 그 농의 서랍이 무릎을 꿇고 향을 피우기에 알맞은 높이를 갖고 있었고, 그것이 그 농에 막사발이 놓이게 된 까닭이었다.

그 일이 있었던 그날도 나는 무릎을 꿇고 향을 피웠다. 불이 붙은 향을 향대에 꽂고 고개를 드니 빗자루가 보였다. 향대로 쓰는 막사발 바로 뒤에, 즉 농 안쪽 벽에 그 방에서 쓰는 빗자루가 세워져 있었다. 그것도 한가운데, 게다가 누워 있는 것도 아니고 바로 서 있었다. 마치 빗자루가 '자, 나를 향해 향을 피워라. 경배하라.'고 하는 듯한 자리였다. 정말 우연히 그런 일이 벌어졌는데, 문득 한 생각이 들어 그날 나는 그 방비를 치우지 않았다. 그 한 생각은 '빗자루는 경배 받아 마땅한 존재'라는 거였다.

그 생각의 전후를 좀 더 자세히 말하면 이렇다.

방이 지저분하면 우리의 마음 또한 어수선해지기 쉽다. 그러므로 우리는 날마다 방 청소를 하며 산다. 물건을 정리하고, 방문을 열어 맑은 공기를 받아들인다. 쌓인 먼지를 쓸고 닦아 낸다. 이렇게 방 청소를 할 때 꼭 필요한 물건이 방비다.

방비는 쓰고 나면 대개 집에서 가장 어둡고 후미진 곳에 놓아둔다. 아예 눈에 띄지 않는 곳에 감금해 두기도 한다. 그 빗자루가 놓여 있던 장롱 안쪽도 그런 곳 중의 하나였다. 눈에 잘 안 띄는 곳에 두자고 둔 것이 그 자리였다. 그렇게 쓰다가 망가지면 망설이지 않고 버린다. 푸대접도 이만저만이 아니다.

방비는 자신을 위해 일하는 법이 없다. 모두 남을 위한 일이다. 그렇게 오로지 남을 위해 살다가 간다. 그렇게 하면서도 조금도 싫은 내색이 없고, 대가를 바라지도 않는다. 그날, 이런 내용의 생각이 향대로 쓰는 막사발 뒤에 서 있는 빗자루를 보는 순간에 내 머릿속을 스쳐 지나갔던 것이고, 그 뒤로는 그 집에 가면 나는 늘 자진해서 빗자루 앞에 향을 피웠고, 빗자루와 같은 사람이 되었으면 좋겠다고 생각했다. 그리고 그 뒤의 어느 날이었다. 나는 문득 깨우친 바가 있어 방비 옆에 걸레도 놓았다.

걸레도 빗자루와 같다. 빗자루처럼 걸레가 하는 일도 모두 남을 위한 일뿐이다. 게다가 걸레는 자신을 더럽히기까지 한다. 자신을 위해서 그런 것이 아니다. 그런데도 사람들은 가장 더러운 욕에 걸레의 이름을 훔쳐 쓴다. 걸레가 들어간 욕은 욕 중에서 가장 심한 욕이다. 모두 그렇게 여긴다. 적반하장도 유분수라는 말은 이런 데 써야 하리라. 그런 걸레를 빗자루 옆에 놓고, 나는 그 앞에 무릎을 꿇었다.

빗자루와 걸레는 아름답다. 비록 몸은 먼지투성이지만 걸레와 빗자루의 마음은 우리가 흉내를 내기 어려울 만큼 맑고 깨끗하다. 그대의 방과 자동차와 작업 도구와 부엌 용품이 어떻게 빛날 수 있는지 돌아보라. 걸레와 빗자루 덕분이다. 물론 자동차는 세차장의 세차 시설 덕분이다. 하지만 잘 보라. 세차 시설이란 것 또한 걸레와 빗자루의 합성품이다. 빗자루와 걸레의 발전된 형태가 세차 시설인 것이다.

선입견을 버려야 한다. 그래야 사물의 실상에 다가갈 수 있다. 우리는 걸레를 더럽다고 알고 있다. 잘못된 견해다. 이 그릇된 생각을 버리고 보면 걸레는 얼마나 성스러운 물건인가! 부디 걸레처럼 살고 싶다고 빌어도 조금도 이상할 것이 없다. 걸레는 결코 더러운 물건이 아니다.

그 밖에 개와 곰을 넣는 욕도 타당하지 않다. 개는 인류가 감사해야 할 동물이지 욕에 넣어 불러야 할 동물이 아니다. 곰은 절대 미련하지 않다. 곰은 신중하며 늠름하다. 곰은 장군처럼 걷고 사람은 병졸처럼 걷는다.

아하곤이라는 이름의 평화주의자가 있다. 평화주의자 가운데도 여러 종류가 있는데, 그는 어느 쪽인가 하면 착했다. 그의 말을 들어 보자.

"이 밥공기도 하느님이라오. 이 밥공기는 나서 죽을 때까지 봉사만 하지 않소? 조금도 욕심이 없어요. 이런 것이 하느님이에요. 임금님 입 앞에서도 태연해요. 무서워 안 하지요. 거지의 입이라도 더럽게 생각 안 해요. 나는 이런 것을 하느님이라고 보고 있어요.

무기를 갖고 사는 인간은 악마. 무기 없이 사는 생물은 모두 하느님. 종교 언어로 말하면 그쪽이 선이라고 생각하고 있어요. 보세요. 저기서 놀고 있는 저 닭들도 나서부터 죽을 때까지 인간을 위해 봉사하고 있지요. 인간이 아무리 알을 빼앗아 가도 무기를 들고 되찾으러 오지 않지요. 그런 점에서 닭도 하느님인 거예요."

그렇다면 걸레와 빗자루도 하느님이다.

엽서를
쓰자

1

나는 어디서 엽서를 쓰나? 여행할 때 쓴다. 집에서도 쓴다.
논밭두렁에 앉아서도 쓴다. 이 편지도 그랬다.

> 일을 하다가 잠깐 쉬는 시간에 몇 자 적어 보는, 엽
> 서를 쓰는 재미가 쏠쏠하네요. 나무 그늘에 앉아
> 막걸리를 따라 마셔 가며, 이마의 땀이 엽서에 떨어
> 지지 않도록 조심하며, 생각나는 대로 몇 자 적어
> 보는 이 시간이 꽤 맛있네요.
> 요즘 저는 논의 풀을 베는 일을 하고 있어요. 윗논,

아랫논 두 배민데 한 600평가량 돼요. 윗논은 올해로 무경운 4년차, 아랫논은 3년차입니다. 윗논은 벌써 무투입에 이른 곳이 3분의 1은 돼요. 무투입이란 논에 아무것도 주지 않아도, 예를 들어 화학 비료는 물론 퇴비조차, 말 그대로 아무것도 넣지 않아도 논 저 혼자의 힘으로 벼를 잘 키우는 걸 말해요. 윗논은 대략 3년쯤 뒤, 아랫논은 5년쯤 뒤에는 다 그 자리에 이를 것 같아요. (오래전에 쓴 엽서다. 벌써 무투입에 이르렀다.)

2

농사철이 시작되면 하루의 반을 보내는 곳이 있다. 고래실. 우리 마을에서는 그곳을 그렇게 부른다. 그곳에는 우리 논과 밭이 있다. 그곳에 벼를 비롯하여 옥수수, 콩, 수수, 수박, 참외, 배추, 무, 야콘, 당근, 감자, 땅콩, 고추, 고구마, 들깨 등의 씨앗을 뿌리고 있다.

오늘은 그곳에 있는 뽕나무 이야기를 하고 싶다. 논둑에 세 그루, 밭둑에 두 그루다. 우리가 심은 게 아니다. 절로 나 자란 나무다.

내가 알기에는 우리 논밭만이 아니다. 어느 집 논이나 밭 둑에도 뽕나무가 난다. 차이가 있다면 다른 집에서는 베어 냈고, 우리 집에서는 그렇게 하지 않은 것뿐이다.

그 뽕나무가 자라 봄에는 잎을 주고, 여름에는 오디와 그늘을 준다. 일하다 쉴 때는 그 그늘을 찾는다. 그늘에 앉아 뽕나무에 맡겨 두었던 물이나 막걸리를 마신다. 무슨 이야긴가 하면 가져온 물이나 막걸리가 든 가방을 뽕나무 가지에 걸어 두고, 쉴 때 내려서 마신다는 이야기다.

가방 안에는 요깃거리만이 아니다. 식물도감과 곤충도감이 들어 있고 또 한 가지, 엽서도 들어 있다.

도감은 처음 만나는, 혹은 벌써부터 얼굴을 알고 있으나 이름을 모르는 벌레나 풀을 사귀기 위해서 지참한다. 이름을 아는 것과 모르는 것에는 큰 차이가 있다. 생각해 보라. 선생님이 자신의 이름을 알고 불러 주면 학생은 기분이 좋다. 단지 한 번 만났을 뿐인데 다음 만남에서 그가 자기 이름을 알고 있으면 그 사람에게 고마운 마음이 인다. 이름을 알아야 다음 단계로 나아갈 수 있다. 그래야 더 눈길이 가고, 나아가 인터넷이나 책, 사람들, 방송 등이 하는 그에 대한 이야기를 들을 수 있다.

또 다른 예도 있다. 어느 모임에 갔다고 하고, 그곳에 아는

사람이 많으면 편안하다. 반갑게 인사할 수 있는 사람은 많으면 많을수록 좋다.

엽서도 빼놓을 수 없다. 논둑에서 편지가 아니라 엽서인 데는 몇 가지 까닭이 있다.

첫째는, 일할 때의 손 때문이다. 일을 할 때의 손은 책상 앞에서의 손과 다르다. 책상 앞의 손과 달리 투박하다. 거칠다. 편지와 같은 긴 글과는 어울리지 않는다.

둘째는, 시간이다. 오래 쉬지 않는다. 그늘에 앉아 시원한 바람에 몸을 식히는 정도다. 그 시간을 이용하기에는 역시 엽서지 편지가 아니다.

셋째는, 지참하기 좋다는 점이다. 엽서는 편지지의 삼사 분의 일 크기다. 그 크기라면 도감 속에도 끼워 넣을 수 있다.

3

나는 지키고 싶다. 무엇을? 손 글씨로 쓰는 엽서 문화를 나는 지키고 싶다. 벌써 많이 사라졌다. 이제 육필 편지는 물론 엽서를 쓰는 사람은 찾아보기 어렵게 됐다.

그렇다고 사람들이 서로 소식을 단절하고 사는가 하면 그 것은 아니다. 오히려 전보다 더 많이 소통하며 산다. 방식이 바뀌었다. 편지지가 아니라 이제 사람들은 스마트폰으로 전자 편지를 쓴다. 전철은 전자 편지를 쓰는 이들로 가득하다. 전자 편지는 전자 편지대로 좋다. 한편 손 글씨로 쓰는 편지, 혹은 엽서도 굉장히 좋다. 앞의 것은 빨라서 좋고, 뒤의 것은 느려서 좋다.

나도 스마트폰을 통해 문자를 보내고, 카톡도 한다. SNS는 SNS대로 좋은 점이 있다. 바로 나눌 수 있어서, 여럿에게 한번에 보낼 수 있어서, 그리고 무엇보다도 사진을 보낼 수 있어서 좋다.

엽서 쓰기는 어떤가 하면 이쪽도 포기하기 어려운 맛이 있다. 엽서에는 우체국에서 구입하는 관제엽서와 사제엽서가 있다. 사제엽서에는 관제엽서에는 없는 사진이나 그림이 들어가 있어 좋다. 관제엽서의 크기는 10.5센티미터×14.8센티미터이고, 그림이나 사진엽서의 경우는 글을 쓸 수 있는 공간이 그 절반 크기에 지나지 않지만 그것으로 충분하다. 두 가지 엽서를 함께 갖고 때에 맞춰 쓰는 것도 한 방법이다. 아무래도 긴 글이 될 거 같은 때는 관제엽서를, 짧게 쓸 수 있을 때는 그림이나 사진엽서를 쓰는.

나는 외출할 때나 여행을 떠날 때 엽서를 챙긴다. 엽서는 내게 필수품에 가깝다. 여행지에 가면 엽서부터 찾는다. 그것이 버릇이 됐다.

　버스나 열차를 기다리며, 혹은 잠시 쉬며 쓰는 엽서는 그 자체로 즐겁다. 인류가 개발한 비행기나 자동차, 빌딩을 부러워하지 않는 새도 편지와 엽서를 부러워할 게 틀림없다. SNS? 그건 안 부러워한다.

　논두렁에 앉아 쓰는 엽서는 그중 최고인데, 그 이유는 내 손의 상태 때문이다. 논밭 일을 하면, 그것이 삽질이든 낫질이든 호미질이든 그로 인해 손이 거칠어진다. 굳어진다. 묻은 흙은 물에 씻으면 없어지지만 굳어진, 거칠어진 손은 어쩔 수 없다. 그 상태로 필기구를 들어야 하는데, 신기하게도 그 느낌이 좋다. 흐르는 땀을 손등으로 훔쳐 가며 부드럽기가 집 안에서만 못한, 그래서 더 정성이 들어가는 손으로 쓰는 한 자 한 자! 그 시간이 논밭일과 잘 어울린다. 두 시간이 서로를 돕는다.

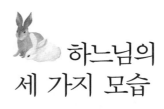# 하느님의
세 가지 모습

1

5월 26일 수요일.

방문객이 있었다. 가끔 우리 집을 찾는 40대 여성 그룹! 점심때 와서 저녁때 갔다. 점심을 먹고, 오후에는 함께 논에 가서 못자리의 잡초를 뽑았다. 잡초를 뽑으며 여러 가지 이야기를 나눴다. 그중의 하나.

"식물도 사람 말을 알아듣는다는 걸 증명하는 일이 있었어요."

출판사에서 일하는 이의 말이었다.

"그 애 있지요?"

우리 모두 알고 있는 초등학교 6학년 아이. 그의 조카다. 미국에서 태어나 공부하다 몇 년 전에 한국에 와서 한국 초등학교에 다니고 있다.

"그 애가 지난 여름방학을 미국에서 나고 왔어요. 그때 있었던 일인데, 그 애네 집 정원에 그 애 아빠가 심은 토마토가 있었어요. 그 애는 그 토마토를 볼 때마다 이렇게 말했대요. '아, 맛있겠다. 익으면 얼른 따 먹어야지.' 그런데 아무리 기다려도 익지를 않았대요. 알은 다 컸는데 도무지 익지는 않았다는 거지요. 결국 침만 흘리다 방학이 끝나 그 애는 한국으로 돌아왔는데, 그 애가 오고 난 뒤에 그 토마토가 한꺼번에 익었다지 뭐예요. 그 집에서 다 못 먹어 이웃에 나눠 줘야 할 만큼."

내가 우리말로 옮긴 기무라 아키노리의 책 《사과가 가르쳐 준 것》에 보면 이런 이야기가 나온다.

'오이의 덩굴손은 사람에 따라 달리 반응한다. 감는 사람이 있고 감지 않는 사람이 있다.'

오이에게는 덩굴손이 있다. 사람의 손과 같다. 오이는 덩굴손을 써서 나무나 망을 붙잡고 올라간다. 손이 두 개뿐인 사람과 달리 오이는 손이 여러 개다. 그 여러 개의 손으로 지줏대를 타고 오른다.

덩굴손에 손가락을 내밀면 덩굴손이 손가락을 감아 오는데 이때 덩굴손은 사람을 차별한다. 다섯 살쯤 된 어린아이의 손가락은 100퍼센트 감는다. 어른의 손가락은 어떤가 하면 감는 사람이 있는가 하면 감지 않는 사람이 있다.

'꼭 오이가 이 사람은 욕심이 많은 사람이다, 이 사람은 순한 사람이다, 라고 판정을 하는 느낌이다. 그러므로 남과 함께 하지 말라. 혼자서 해 보라.'

한 농부는 이 실험을 해 본 뒤 자신의 커다란 오이 밭의 오이를 다 뽑아 버렸다. 자신의 손가락을 감지 않았다는 게 이유였다. 그렇게 마음의 상처를 입을 수 있기 때문에 혼자서 해야 한다고 기무라 아키노리는 말하고 있다.

'오이는 저 사람이 돈만을 바라고 있는지 자신을 사랑하는지 아는 것 같다.'

예외도 있다. 비료를 준 오이는 감지 않는다.

'비료를 주면 오이의 성질이 이상해지는 것 같다.'

그러므로 시험은 비료를 주지 않은 오이로만 해야 한다.

2

비 또한 손님으로 알고

비가 내리기 시작하면
사람이 찾아왔을 때처럼
문을 열고 내다본다는
어느 아주머니 이야기를
그의 아들로부터 들었다

이것보다 좋은 이야기는 없다,
속으로 크게 고개를 끄덕인 뒤로는
비나 눈이 내리기 시작하면
손님이 오셨군, 생각한다
바람이 불면
저분도 손님 아닌가, 생각한다
내다보지 않은 날은
못할 짓을 한 것 같다

_나의 시, 〈비도 손님〉

봄과 여름에 내리는 비로 곡식은 자라고 열매를 맺는다.
우리는 그걸 먹고 살아간다. 비 없이 우리는 살아갈 수 없다.
가뭄이 들면 사람만이 아니라 살아 있는 모든 생물이 고통을 받는다. 특히 농부들의 고통이 크다.

봄에 비가 부족한 해에는 작곡의 발아율이 크게 떨어진다. 가뭄이 들었던 2014년 봄에 우리 동네에서는 두 집이 그 일로 밭을 갈아엎었다. 춘희 형님네와 예슬네가 그랬다. 싹이 나지 않은 포기가 너무 많아서 예슬네는 옥수수 밭을, 춘희 형님네는 율무 밭을 갈아엎었다.

싹이 나더라도 강우량이 부족하면 작물은 애를 먹는다. 성장이 더디거나 말라 죽고 마는 그루가 나온다. 초기에 제대로 못 자라면 열매의 크기와 숫자가 줄어든다. 생산량이 떨어진다.

위 시의 아들에게 전화를 걸어 물었다. '어머니가 농부 아니냐?'고.

"어떻게 아셨어요? 평생 농사를 지으며 사셨어요. 안동에서. 지금도 농사를 짓고 계시고요."

그 뒤로 나도 비가 오기 시작하면 문을 열고 내다본다. 나아가 눈이 와도 문을 열고 내다본다. 손님에게 하듯 반갑게 비와 눈을 맞이한다.

KBS의 자연 다큐멘터리에서 보았다.

히말라야에는 창탕 고원이라 불리는 고지대가 있다. 창탕 고원에서는 창파족이 양과 야크를 키우며 살아간다. 창파족은 지상에서 가장 높은 곳에서 유목을 하며 살아가는 부족으로 알려져 있다.

그들은 일 년에 열세 차례 이상 거주지를 옮겨 다니며 사는데, 난방과 취사에는 야크와 양의 똥, 그리고 주변의 나무를 이용한다. 고원이기 때문에 나무가 작고, 적다. 하지만 살아 있는 나무에는 절대 손을 대지 않는다. 죽은 나무를 찾아 멀리까지 간다.

기쁜 날을 기념하는 창파족의 방식 또한 흥미롭다. 그들은 기르는 양이나 야크에게 자유를 허락하는 것으로 자신들의 경사를 기념한다.

그 다큐멘터리에 나왔다. 어느 집에 사내아이가 태어났고, 그 집에서는 아이의 탄생을 기념하여 양 두 마리에게 자유를 주었다.

어떻게 자유를 주느냐 하면 뿔에 톱으로 X 표시를 하고, 그 표기를 한 양이나 야크는 죽을 때까지 잡아먹거나 팔지 않는다. 천수를 보장한다. 누구도 X 표시가 있는 야크나 양에는 손을 대지 못한다.

현대인은 식당에 가기 전에, 슈퍼에 가기 전에 가 보아야할 곳이 있다. 양계장, 돈사, 우사에 가 보아야 한다. 달걀과 소고기와 돼지고기가 어떻게 만들어지고 있는지 보아야 한다. 대략 안다고? 그래도 자신이 눈으로 보아야 한다. 다르다. 가서 보면 달라진다. 생각이 바뀐다.

현대 축산의 집단 사육 방식은 잔인하다. 가서 보면 이래도 되나, 하는 생각이 들며 두렵다.

여기서 끝이 아니다. 도요타, 도시바, 파나소닉은 한국 사람도 열 가운데 다섯은 아는 일본의 대기업이다. 이 세 대기업에서 농업에 손을 대며 농업이 더 이상 땅이 필요 없는 공장식 재배로 바뀌어 가고 있다. 땅만이 아니라 비, 햇살, 바람 따위도 더 이상 필요 없다. 비닐하우스 혹은 시설물 안에서 인공 조명과 물, 비료로 키운다. 더 이상 가뭄, 홍수, 태풍을 걱정할 필요가 없다. 계절 또한 상관없다.

그것으로 좋지 않으냐고? 그렇지 않다. 그늘이 있다. 전기와 휘발유가 공장을 돌리듯이 농업 시설에도 에너지가 필요하다. 공장식 재배는 더 많은 전기와 기름이 있어야 비로소 가능한 방식이다. 비닐하우스 안에서 일을 해 본 사람은 안다. 작업 환경이 무척 안 좋다. 공기가 탁하고, 덥다. 병에 걸리는 사람이 적지 않다. 새소리도 들리지 않는다. 그러므로 공장식 재배로 가면 농부도 공장 인부와 다를 바가 없어진다. 자연과 함께한다는 자부심도 설 곳이 없어져 버린다.

크리스마스 선물

1

사람들은 크리스마스를 이렇게 알고 있다.

'크리스마스 날에는 산타클로스 할아버지가 선물을 준다. 어른에게는 안 주고 아이들에게만 준다.'

모두 이렇게 알고 있는데 내 생각은 조금 다르다. 크리스마스에는 누구나 다 선물을 받을 수 있다. 아이들만이 아니라 어른도 받을 수 있다. 다만 우리가 그것을 모르고 있을 뿐인데 그 이유는 다음 두 가지다.

하나는 산타클로스다. 우리는 크리스마스에 산타클로스 혼자서 선물을 나눠 주는 것으로 알고 있다. 그렇게 굳게 믿고 있다. 그러나 산타클로스 할아버지는 하나의 상징일 뿐이다. 무슨 수로 산타클로스 할아버지 혼자 그 많은 아이들에게 선물을 돌린단 말인가? 크리스마스는 우리가 전혀 상상도 할 수 없는 방식으로 우리에게 선물을 보낸다. 그러므로 산타클로스 할아버지를 여러분의 머릿속에서 지우시기 바란다. 그것이 크리스마스의 선물을 받기 위해 우리가 해야 할 첫 번째 일이다.

둘째는 장난감이나 옷 혹은 돈이나 학용품과 같은, 보이는 것만을 선물로 여기는 착각 때문이다. 크리스마스가 여러분에게 보내는 선물은 그런 모양이 있는 것일 수도 있지만 그렇지 않은 경우도 많다.

예를 하나 들어 보자.

아내가 당신에게 묻는다. "당신 소원이 뭐예요? 하느님이 딱 한 가지만 들어주신다면 어떤 소원을 말하겠어요?" 평소에는 하지 않던 질문이다. 아마도 크리스마스이기 때문일 것이다. 그러나 남편은 늘 하던 대로 이렇게 말한다. "뭔 소리야, 바빠 죽겠는데……." 그 순간 선물은 갈 곳을 잃고 허공 속으로 사라진다.

예를 한 가지 더 들어 보자. 크리스마스에는 기독교인이 아니더라도 이런 생각이 들 수 있다. '오늘은 무언가 평소와 다른 아주 특별한 일을 하며 보내고 싶다. 어떤 일이 좋을까?' 혹은 다른 날과 다를 것이 조금도 없는데 괜히 아침부터 마음이 불편할 수도 있다. 이 두 가지 또한 크리스마스가 선물을 보내는 방식의 하나다. 그러니 자신에게 일어나는 모든 생각과 조짐들을 그냥 흘려보내지 말아야 한다. 그런 것들을 통해 크리스마스는 여러분에게 선물을 보낼 수 있기 때문이다.

무슨 얘기인지 짐작이 가는 분도 있으리라. 크리스마스는 주변 사람들을 통해서, 일상생활을 통해서, 여러분의 상념이나 느낌을 통해서 여러분에게 선물을 전달할 수도 있다. 선물의 형태는 매우 다양하다. 상상도 할 수 없을 만큼. 그러므로 조심을 하지 않으면 놓치기 쉽다. 마음의 양말을 걸어야 한다. 마음의 창문을 열어야 한다.

다시 말하지만, 한 사람도 빼놓지 않는다. 크리스마스는 모든 사람에게 선물을 보낸다. 여러분을 배달부로 쓰는 경우도 있는데, 그럴 때는 기꺼이 거기에 따르시기 바란다. 가족을 위해, 친구를 위해, 이웃을 위해, 직장 동료를 위해 무언가 하고 싶은 일이 있다면 그것이 곧 그것이다. 여러분을 배달부로 쓰겠다는 제안인 것이다.

2

2014년 6월 26일의 일이다. 작업실에서 자고 일어나 바깥 공기를 쐬기 위해 방을 나섰다. 그런데 마루에 웬 광고지가 놓여 있었다.

'밤새 놓고 갔나?'

전날 밤 마을 회의에 가기 위해 작업실을 나선 시각이 일곱 시경이었고, 내가 집에 돌아온 시간은 열 시경이었다. 그렇다고 아침에 다녀갔다고 보기는 더욱 어려웠다. 나는 아침 일찍 일어난다. 그날도 다섯 시 전후에 일어나 방을 나섰다.

6월 말은 1년 중 가장 해가 긴 때이기는 하지만 여덟 시면 땅거미가 진다. 그때 누군가 와서 놓고 간 광고지였다. 자신의 일에 대단히 열성인 사람임이 분명했다. 그러므로 그냥 버릴 수 없었다.

다래반점. 아는 음식점이었다. 농번기 때 몇 차례 배달을 부탁했던 일이 있고, 혼자 간 적은 없어도 여러 번 여럿이 그 음식점에 갔던 적도 있다. 젊은 부부가 경영하는 중국집이었다. 아이 엄마는 아이를 업은 채 식탁에 우리가 주문한 음식을 날라다 놓았다. 남편은 30대 초반, 아내는 20대 후반으로 보였다.

우리 지역에서는 가장 잘되는 집으로 알려져 있는, 손님이 많은 중국집이었다. 그런데도 광고지를 놓고 갔다는 생각이 들자 작은 감동이 내 안에서 일어났다.

우리 어머니는 자장면을 좋아한다. 우리 집 식구 수대로 주문을 하면 미니 탕수육이 딸려 오고는 했는데, 그것이 그 집의 A 세트인 것을 그 광고지를 보고 처음 알았다. B 세트는 짬뽕에 미니 탕수육이었고, 그것에 이어져 D 세트까지 있었다.

맨 아래에는 영업시간이 표시돼 있었다. 오전 열 시 반부터 오후 아홉 시까지였다. 배달 시간은 오후 여덟 시 사십 분까지였다. 오래도 하네! 그때 농사를 짓는 사람들이 일을 마치는 시간은 여덟 시 전후였다. 여덟 시 반 이상은 어려웠다. 그 시간이면 어두웠고, 몸도 지쳐 더 이상 일을 하기가 어려웠다.

양덕원까지 배달한다고 나와 있었다. 양덕원이라면 그 중국집에서 육칠 킬로미터는 족히 된다.

그것이, 그 광고지가 그날의 선물이었다. 나는 그 광고지를 들고 투덜거려서는 안 된다는 것을 배웠다. 모두 열심히 살고 있다는 걸, 그러므로 나도 열심히 살아야 한다는 걸 알았다. 오전 열 시 삼십 분부터 오후 아홉 시까지라지만 그 나머지 시간을 쉴 수 있느냐 하면 그것이 아님을 우리는 잘 안다. 문을 닫은 뒤에는 설거지를 해야 하고, 문을 열기 전에는 장도 봐 와야 하고, 재료를 준비하고 손질해야 한다. 청소도 해야 한다. 그 젊은 부부는 하루를 자신의 음식점에 전부 바치고 있었다. 그 사실이 그날 아침, 광고지를 통해 내게 물었다.

'너는 어떻게 살고 있니?'

3

우리 모두가 잘 알고 있다시피 산타클로스는 할아버지가 아니다. 진짜 산타클로스는 엄마요 아빠다. 그렇게 누구나 산타클로스가 될 수 있다. 그러므로 나는 제안하고 싶다. 내가 산타클로스가 되자고.

가진 것이 적더라도 우리는 누구나 남에게 줄 것이 있다. 예를 들어 어린 자식이 자라며 못 입게 된 옷을 누군가에게 줄 수 있다. 읽고 좋은 책이 있다면 그것을 주위 사람에게 읽으라고 줄 수 있다. 편지를 쓸 수 있고, 전화를 걸 수 있다.

이웃 마을 원 씨 노인에게 들었다.

"자식들이 전화하는 게 제일 반갑지. 그런 날은 힘이 나."

이렇게 물건만이 아니다. 빈손으로도 우리는 많은 것을 주위에 줄 수 있다. 얼마나 많은가 하면 끝없이 많다. 평생을 써도 다 쓸 수 없을 만큼 많다.

예를 들어 '밝게 웃으면서 인사하기'가 그 하나다. 그 밖에 친절도 있고, 고운 말 쓰기도 있다. 뭐 그렇게 당연한 말을 하느냐고 귀를 닫고 싶은 사람이 있을지 모르지만 이 셋만 해도 황금처럼 힘이 세다. 왜 센가? 그 반대를 생각해 보라. 누군가 그대에게 인사는커녕 본 체도 하지 않는다고, 불친절하다고, 지저분한 소리를 한다고 생각해 보라. 지옥이다.

그런데 놀랍게도 우리는 아무리 써도 다 쓸 수 없는 이 광산의 황금을 남에게 주려고 하지 않는다. 왜 그러느냐 물으면 저이가 어제 날 본 척도 하지 않았다고, 그런데 내가 뭐가 아쉬워 먼저 웃으며 인사를 하느냐고 되묻는다. 그렇게 악순환의 사슬에 얽혀 지옥을 산다.

한 수도원에서 있었던 일이다.

잔칫상에 수저를 놓고 있던 원장 수녀님이 함께 수저를 놓고 있던 한 수녀님에게 물었다.

"자매님, 지금 자매님은 무슨 생각을 하며 수저를 놓고 있습니까?"

"별 생각이 없는데요?"

"그렇다면 자매님은 지금 시간을 헛되이 쓰고 있습니다."

"……"

"이왕이면 수저를 쓸 사람이 잘되라고 기도하며 수저를 놓으세요."

사랑은 크다. 우리가 아무리 가져다 써도 줄지 않는다.

내 후배 노재영은 십 년간 매일 '100인을 위한 기도'를 했다. 백 사람의 이름을 적어 놓고 한 사람씩 이름을 부르며 그 사람이 잘되기를 기도하는 방식이다. 아픈 사람에게는 병이 낫기를, 형편이 어려운 사람에게는 살림이 나아지기를, 짝이 없는 사람에게는 연인이 생기기를, 어쨌든 그가 잘되기를.

나는 물었다.

"그렇게 했더니?"

"다른 건 몰라도 마음이 뿌듯해져요."

4

나무처럼 아이처럼

멈추지만 않으면 돼

1

"삼촌, 정말 자전거로 세계 일주를 할 수 있어요?"

삼촌이 씩 웃으며 대답했다.

"하루에 백 킬로씩만 가면 돼. 힘들면 오십 킬로만 가도 되고. 더 힘들면 십 킬로만 가는 거야. 멈추지만 않으면 돼."

할 수 있을 것 같았다. 삼촌이 사람들을 불러 모아 전망대를 내려갔다. 앞서가는 삼촌 등이 넓어 보였다.

《불량한 자전거 여행》.

아내가 빌려 온 책이었다. 어떤 내용인가 들춰 보다가, 앞쪽을 조금 읽다가 손을 못 놓고 그 자리에서 다 읽었다.

신호진.

초등학교 6학년. 공부를 포함하여 잘하는 게 아무것도 없는 주제에 엄마아빠가 힘들여 벌어 보낸 학원을 빼먹기도 하는 아이.

호진이는 가출을 한다. 우연히 이혼을 하자는 엄마아빠의 이야기를 듣게 된 것이 원인이었다. 호진이는 처음에는 겁이 나고 불안했지만 자기 의사는 전혀 고려하지 않는 두 사람에게 차츰 화가 났다.

호진이는 엄마아빠에게 알리지 않고 삼촌에게로 갔다. 아빠가 '정신 나간 놈'으로 여기고, 엄마가 '뭘 해 먹고 사는지 알 수 없다'는 삼촌.

삼촌은 '여자친구', 곧 '여행하는 자전거 친구'라는 단체를 이끄는 단장이었다. '여자친구'는 일 년에 여섯 차례 참가자를 모집하여 자전거로 한반도를 순례한다.

"오늘부터 십이일 동안 천백 킬로미터를 달려 우리나라를 종단하게 됩니다."

처음에는 차를 타고 다니며 삼촌이 하는 식사와 야영 준비를 거들었다. 사흘 뒤에는 참가자 한 명이 탈이 생기며 대신 그 자전거를 타야 했다. 그것이 마지막 날까지 이어졌다. 쓰러졌던 참가자는 하룻밤 쉬고 다시 자전거를 탈 수 있게 됐지만 삼촌은 호진이에게 차 안에 실려 있던 자신의 자전거를 꺼내 줬다.

"아무 생각 말고 자전거만 타. 지금 너한테는 이게 필요해."

광주-구례-하동-진주-부산-안동-단양-원주-홍천-미시령-속초-고성-통일전망대. 호진이는 이 먼 길을 자전거를 타며, 곧 죽을 것처럼 힘든 고비를 넘기며 성장한다.

'난 공부가 싫다. 억지로 시키는 건 더 싫다. 그래서 공부를 하지 않았다. 대신 이렇게 온몸으로 부딪쳐 땀을 흘릴 수 있는 거라면 할 수 있을 것 같다. 안개 속 같던 머릿속에 어렴풋이 불빛이 비치는 것 같다.'

마침내 종점인 통일전망대에 도착했다. '길은 철조망으로 가로막혔지만 산과 바다는 사이좋게 북쪽을 향해 뻗어 있었다. 자전거를 타고 저 길 끝까지 달려 보고 싶었다.'

삼촌한테 물었다.

"삼촌, 우리나라 끝나면 어디가 나와?"

"러시아지."

"러시아 끝나면?"

"유럽."

"유럽 끝나면?"

"아프리카."

"아프리카 끝나면?"

"바다 건너 아메리카."

가 보고 싶었다. 외국은 비행기로만 가는 곳이라 생각했는데 자전거로도 갈 수 있다. 눈앞에 보이는 저 철조망만 없으면 말이다.

3

엄마는 이렇게 된 건 모두의 책임이라고 했다. 아빠는 누군가한테 도둑맞은 인생의 황금기를 찾으려고 집 밖을 헤매고 있었다. 호진이는 집을 나와 있다. 문제가 없는 사람이 없다. 이 문제를 해결할 수 있는 사람도 없다. 어떻게 해야 하나?

호진이는 옆에 있는 자전거를 바라보았다. 삼촌의 말이 생각났다.

"땀은 고민을 없애 주고 자전거는 즐겁게 땀을 흘리게 하지. 난 그 기회를 사람들에게 주고 싶어. 내가 남한테 줄 수 있는 건 이것밖에 없어."

온 길을 돌아보면 맞는 말이었다. 자전거를 타며 호진이는 힘들었지만 행복했다. 고민을 잊었다. 그리고 희미했지만 빛도 보았다. 엄마와 아빠에게도 땀을 흘리는 시간이 필요했다. 호진이는 그렇게 생각했다.

다음 순례는 사흘 뒤에 서울에서 출발하여 부산까지였다. 호진이는 엄마에게 전화했다.

"엄마, 나 좀 데리러 와 줘."

엄마는 쉽게 결정을 못하고 망설였다. 엄마는 자기 일을 갖고 있었다.

"엄마가 날 데리러 오지 않으면 다른 데로 도망을 가 버릴 거야. 아무도 못 찾는 곳에 가서 절대 연락을 하지 않을 거야. 그러니 날 좀 데리러 와 줘, 응?"

자기에게 오는 데 보름쯤 걸린다는 호진이의 말에 엄마는 어이없어 했다. 하지만 호진이는 엄마에게 다시 한 번 더 간절하게 자기를 데리러 와 달라고 부탁한 뒤 전화를 끊었다.

아빠에게 전화를 했다. 아빠를 설득하는 데도 긴 시간이 필요했다. 호진이는 아빠에게 준비물과 소집 장소, 그리고 시간을 알려 줬다. 아빠는 잠시 말이 없다가 큰소리로 웃었다.

오랜만에 듣는 아빠의 웃음소리였다.

다음 순례의 팀장은 삼촌의 여자 친구인 치연 누나였다. 며칠 뒤 치연 누나에게서 문자 메시지가 왔다.

'서울 출발. 현재 수원성에서 쉬고 있음. 아주버님과 형님, 잔디밭에 누워 버렸음. 끝까지 잘 데리고 가겠음.'

호진이 뜻대로 됐다. 아주버님이란 호진이 아빠였고, 형님이란 엄마였다.

호진이 또한 엄마, 아빠가 도착하는 날에 맞춰 부산으로 가기로 했다. 이번에도 자전거였다. 유학 가기 전에 홀로 자전거 여행을 떠나고 싶어 하는, 앞 순례의 팀장이었던 만석이 형과 동행이었다. 동해안을 따라 부산까지. 속초, 강릉, 동해, 포항, 부산.

호진이는 어서 가서 엄마아빠와 함께 바다를 바라보고 싶었다.

부산에서 서울까지는 아빠와 엄마, 셋이서 자전거로 가고 싶었다.

 # 내가
섬기는 교회

1

농부에게 12월은 방학이다. 그걸 알았던 것일까, 한 출판사에서 내 통장에 돈을 넣었다. 그 뒤에 연락이 왔다.

아무 원고라도 좋다, 당신의 책을 내고 싶다, 고 했다.

고마웠다.

그리고 얼마 뒤였다. 이런 동화를 썼는데, 한번 읽어 봐 달라고 부탁했던 한 시인에게서 연락이 왔다.

"한 출판사에서 내겠다고 한다. 내가 그 출판사 대표와 너희 집에 가겠다."

그렇게 반가운 소식들로 12월이, 내 겨울방학이 시작됐다.

나는 두 주먹을 움켜쥐고 외쳤다.

"만사를 제치고 올겨울에는 하나 해야지. 벌써 3년째 책을 못 내고 있잖아!"

그동안 책이 안 나왔을 뿐 글을 쓰지 않은 건 아니었다. 다듬기만 하면 될 원고가 둘이나 됐고, 반쯤 된 원고도 세 개나 됐다.

나는 내 노트북에 내가 관심을 갖고 있는 주제로 여러 개의 방을 만들어 놓고 글감이 오면 알맞은 방을 찾아 그 방에 글감을 모시는 방식으로 글을 쓴다. 그 글이 그렇게 모여 있었다.

다듬기만 해도 될 원고가 둘이라고 했는데, 다듬기만 하는 데 한 겨울이 필요했다. 내가 다듬는 방법은 여러 번 읽기다. 읽어 보면 흠이 눈에 띈다. 그러므로 많이 읽을수록 원고가 좋아진다. 집중이 필요한 작업이다. 몰두해야 한다. 겨울은 그 일을 하기에 좋다. 농사철이 시작되면 그 일에 시간을 내기가 어려워진다.

그래서 어떻게 되었냐 하면, 뜻대로 되지 않았다. 무엇이 문제였나?

교회였다.

교회가 자꾸 나를 불러냈다. 불러만 낸 게 아니고, 집에서도 일을 하게 만들었다. 나는 교회를 위한 자료를 만들어야 했고, 회의 준비를 해야 했다. 회계 정리도 해야 했고, 보고서도 꾸며야 했다. 새해 계획서, 보조금 신청서 따위에도 여러 날을 써야 했다. 여러 번 회의도 해야 했다. 우리 교회의 3개년 계획 중의 하나인 퇴비장 운영에 따른 일도 적지 않았다.

첫째, 원재료인 수피, 곧 나무껍질이 오지 않았다. 잦은 강설과 모든 것을 얼어붙게 만드는 한파 때문이었다. 30년 만이라고 했다. 영하 20도가 넘는 날이 이어졌다.

"눈에 막혀 원재료인 나무가 안 들어와요."

"이틀 동안 아예 기계를 못 돌리고 있어요."

이해가 갔다. 자동차 시동이 안 걸려 애를 먹는 이웃이 있었을 때니. 그런 날에는 원재료도 안 들어오지만 기계가 돌아가도 '나무가 얼어 수피가 잘 안 까진다'고 했다. 언 나무에 낫이 잘 안 들어가는 것과 같은 이치였다.

그래도 가끔 수피가 왔다. 수피가 오면 나가 봐야 한다. 나가서 수피 놓을 자리를 만들고, 내려놓는 일을 도와야 한다. 두세 시간, 어떤 날은 서너 시간이 그 일에 필요했다. 40차를 받자니 시간이 많이 걸렸다.

수피에 쇠똥을 섞기로 했다. 다행히 가까이 유기축산 농가가 있었다. 그 집 쇠똥을 받기로 했다. 그 일에도 일이 많았다. 모여 회의를 해야 했고, 날짜를 잡고, 굴삭기 기사와 약속을 잡아야 했다. 그렇게 해서 일이 순조롭게 됐느냐 하면 그렇지 못했다. '왜 안 오나?' 하며 기다리고 있는데, 똥 실은 차가 아니라 빈 차가 와서 '똥이 묽어 실을 수가 없다'고 했다. 우리는 그 차에 수피를 한 차 실어 보냈지만 그 날 일은 그것으로 끝이었다. 다시 날을 잡아야 했다.

이렇게 교회는 나를 불러냈고, 나는 그 일을 하며 12월을 보내고 새해를 맞았다. 새해를 맞으며 돌아보니 12월 한 달 동안 나는 '새해에는 책을 내겠다'는 내 계획을 위해 한 일이 아무것도 없었다.

나는 그 일로 번민을 하며 새해의 며칠을 보냈다. 일주일이 지난 1월 7일이었다. 그날 나는 아침 일찍 일어났다. 시계를 보니 새벽 4시 12분이었다. 나는 잠자리를 치우고 앉아 눈을 감았다. 답이 오기를 기다렸다.

동이 틀 무렵에야 답이 왔다.

"너는 네가 사는 마을을 너의 교회라고 말해 오지 않았니?"

나는 귀를 세웠다.

"그런데요?"

"너도 알잖아? 신자들이 일주일에 한 번은 교회에 간다는

거? 많이 가는 사람은 두 번, 혹은 그보다 더 여러 번 가는 사람도 있다는 거?"

"그래서요?"

"너도 교회에 다닌다고 생각하면 되잖아? 동네 일이 많다고 너는 투덜거리지만 교인들 봐. 그들도 다 일이 있어. 그래도 집에서 성경 읽고, 기도하고, 또 목사님을 불러 말씀을 듣는 시간을 갖잖아?"

맞는 말이었다.

달리 길이 없었다. 나는 교회를 다니며 글을 써야 했다. 그렇게 1월 7일의 하늘이 하는 말씀을 듣고 나니 마음이 편해졌다.

그 둘 중 어느 하나를 나는 버릴 수가 없었다. 신앙생활이 필요함을 나는 잘 알기 때문이다.

그날 뒤로 나는 마을 일이 있어 집을 나설 때면 집안사람들에게 이렇게 외치고 간다.

"저 절에 갔다 올게요."

왜 이번에는 절이냐고? 우리 부모님은 엉터리 불교 신자이기 때문이다. 엉터리이기는 해도 불교 신자는 불교 신자이기 때문이다. 왜 엉터리냐고? 교회 갔다 오겠다고 하면 기분이 상하기 때문이다.

당신도 그렇다고? 그렇다면 당신도 엉터리 기독교 신자다.

2

중국 선승 중에 설두중현雪竇重顯이라는 이가 있었다. 원오극근
圜悟克勤과 함께 선불교의 주요 경전 중 하나인 《벽암록》을 쓴
이로도 유명한 그에게는 이런 일화가 후세에 전해지고 있다.

"설두가 안 보이면 변소에 가 봐라. 변소는 설두의 은신처
다."

설사 때문이 아니다. 그는 틈만 나면 남모르게 변소에 가
서 그곳을 청소했다. 변소는 사람들이 다 꺼리는 곳이다. 하
지만 누군가 청소를 해야 한다.

동양에서는 삶의 기술 중의 최고를 덕德이라는 말에 두고
있다. 많은 사람들이 알고 있다. 덕을 쌓는 집안은 반드시 경
사가 있다는 잠언을.

덕이란 무엇인가? 누군가 꼭 해야 하는데 다들 하기 싫어
하는 일을 스스로 하는 것, 그것이 덕을 쌓는 행동이다. 그런
일을 하되 설보 스님처럼 남모르게 해야 한다.

스님 생활을 하다가 접고 하버드 대학에서 종교학 공부를
하고 대학 교수로 활동하는 마치다 소호라는 종교학자가 있

다. 그는 대학원생만을 위한 소규모 강좌를 열고 있는데, 그곳에서 학생들은 강의, 토론과 함께 두 가지 훈련을 받는다.

첫째는 프레젠테이션 presentation 을 통해 발표 능력을 기르는 것이고, 다른 하나는 공중변소 청소다. 그래서 강좌의 마지막 코스는 매번 공중변소 청소다. 청소를 하되 장갑을 쓰면 안 된다. 맨손으로 한다. 왜 그런 일을 하나? 마음 안에 덕을 키우기 위해서다.

3

자동차 부품을 취급하는 '로열'이라는 주식회사가 있다. 연 매출액이 1,000억 엔에 이르는 이 회사는 청소의 철학으로 회사를 경영하는 것으로 유명하다.

이 회사에서는 먼저 오는 사람 순으로 회사와 회사 주변을 청소한 뒤에 일을 시작한다.

청소는 이 회사 사장이 시작했다. 창업을 했으나 어떻게 회사를 경영해야 할지 길이 잘 보이지 않았다. 그때 사장은 좌우간 회사 안팎을 깨끗이 하는 게 기본이라고 생각했다. 청소는 노력에 견주어 결과가 적었다. 주변에서도 이상한 눈으로 봤다. 하지만 시간이 가며 결과가 나오기 시작했다.

사고 건수가 줄어들기 시작했다. 내근 사원만이 아니라 외근 사원도 같았다. 깨끗이 세차를 하고 다니는 사람의 사고 건수가 청소를 안 하는 사람보다 적은 것과 같은 이치였다.

둘째는 부품 생산 과정에서 불량품 숫자가 줄어들었다. 업계 상식을 훨씬 뛰어넘는 결과가 나왔다.

셋째는 회사 내부 및 외부의 인간관계가 좋아졌다.

넷째는 9시, 10시까지 이어지던 잔업이 사라졌다. 정시에 딱 일을 마치게 됐다.

그 결과 주문이 끊이지 않는 회사, 고객이 찾아오는 회사가 됐다.

어디서나 공적인 일이 있다. 반상회와 아파트 모임이 있다. 지역의 일도 있다. 누군가는 해야 한다. 회의 준비를 해야 하고, 참가자에게 연락을 해야 한다. 공금이 있으면 금전출납부도 작성해야 한다. 모임이 끝나면 청소를 해야 하고, 결정된 사안을 해결하기 위해 사람을 찾아다녀야 하고, 관공서에도 가야 한다. 수고비가 나오는 것도 아니다. 제 돈으로 해야 한다. 낯이 나는 일도 있지만 그렇지 않은 일도 많다. 기껏 일하고도 고맙다는 말 한 마디 못 듣는 경우도 많다. 심지어는 안 좋은 소리를 하는 사람조차 있다. 그 속에서도 묵묵히 남이 하기 싫어하는, 그러나 해야 할 일을 하며 우리가 얻을 수 있는 게 있으니 그것이 덕성이다. 모두에게 이로운 성품이다.

변소 혹은 변기 청소가 대표적이다. 누구나 싫어하지만 해야 한다. 그것을 아무 대가도 바라지 않고, 또 남몰래 한다. 그때 변소는 교회이자 성당이다.

노래의 힘

1

노래 일곱 곡이 이메일로 왔다.

가브리엘의 오보에, 나무의 노래, 나의 노래, 네잎 클로버, 도라지꽃, 문 리버, 엘 콘도르 파사.

연주곡에 사용한 악기는 오카리나, 기타, 피아노 등이었다. 아들, 딸 그리고 엄마! 아빠는 없다. 아빠는 이 세상을 떠났다. 남은 이들이 아빠를 추모하는 음악회를 했고, 그 음악회에서 부른 노래였다.

그 아빠는 음악을 사랑했다. 퇴근하면 그는 밤늦도록 음악 서적을 읽었고, 노래를 불렀고, 음악을 들었다.

"그이를 통해 저는 음악의 소비자에서 생산자가 됐어요."

처음 듣는 말이었다. 음악의 소비자와 생산자!

소비자란 듣기만 하는 사람이다. 남이 만든 노래를 사다가 듣고, 혹은 배워 부르는 사람들이다. 생산자란 노래와 음악을 만드는 사람이다.

"생각도 못했던 세계지요. 저 같은 사람도 음악과 노래를 만들 수 있다는 건."

아이 엄마는 다룰 줄 아는 악기가 하나도 없었고, 노래 잘 부른다는 소리 또한 한 번도 들은 적 없이 자랐다. 그런 사람을 아이 아빠는 노래와 음악을 만들고 연주하는 생산자로 만들어 놓고 이 세상을 떠났다.

"남편이 준 선물이에요. 아이들도 남편 덕분에 어릴 때부터 생산자로 자랐어요."

큰 아이는 제 손으로 노랫말을 짓고 곡을 붙인 노래가 있다고 했다. 피아노를 치고 오카리나를 분다. 장구도 친다. 작은 아이는 기타 솜씨가 보통이 아니다.

2

일곱 곡 중에서 내게는 〈나의 노래〉가 가장 기억에 남았다.

이 가족이 부른 〈나의 노래〉는 김광석의 것이다. 한수지, 조용필, 문정선. 김여희 등에게도 같은 이름의 노래가 있다.

아무것도 가진 것 없는 이에게
시와 노래는 애달픈 양식
아무것도 뵈지 않는 암흑 속에서
쪼그만 읊조림은 커다란 빛

나의 노래는 나의 힘
나의 노래는 나의 삶

자그맣고 메마른 씨앗 속에서
내일의 결실을 바라보듯이
자그만 아이의 울음 속에서
마음의 열매가 맺혔으면

나의 노래는 나의 힘
나의 노래는 나의 삶

거미줄처럼 얽힌 세상 속에서

바람에 나부끼는 나뭇가지처럼
흔들리고 넘어져도
이 세상 속에
마지막 한 방울의 물이 있는 한

나는 마시고 노래하리
나는 마시고 노래하리

수많은 진리와 양심의 금문자
찬란한 그 빛에는 멀지 않으리
이웃과 벗들의 웃음 속에서
조그만 가락이 울려 나오면

나는 부르리 나의 노래를
나는 부르리 가난한 마음을

그러나 그대 모두 귀 기울이면
노래는 멀리 멀리 날아가리

그러나 그대 모두 귀 기울이면

노래는 멀리 멀리 날아가리

3

아이들의 엄마에게 들었다. '편부모 가정 지원 사업'이라는 것이 있다고 했다. 거기서 지원을 받아 지난 가을부터 6개월 간 그 집 세 식구는 기타를 배웠다.

셋의 연주와 합창은 아름다웠다. 빼어난 목소리를 지녔냐 하면 절대 아니다. 보통이다. 아름다움은 셋이 함께하는 데서, 화음에서 왔다.

그 집에서 노래는 보이지 않는 기둥 노릇을 하고 있었다. 이미 떠나고 없는 사람도 노래, 그리고 연주 속에서 음악으로 가족들에게 힘과 용기, 그리고 희망을 주고 있었다.

김광석의 노랫말처럼 '나의 노래는 나의 힘'이 된다. '가진 것 없는 이에게 시와 노래는 애달픈 양식'이다. '아무것도 뵈지 않는 암흑 속에서 쪼그만 읊조림은 커다란 빛'이다.

시베리아의 툰드라 지대에 사는 늑대에게 겨울은 가혹하다. 모든 것이 얼어붙어 먹을 것이 부족하면 늑대들은 신경이 날카로워진다. 사소한 일로 싸우는 일이 많아진다. 그때 우두머리 늑대는 홀로 무리에서 벗어난다. 무리에서 멀리 떨어진 곳에 가서 노래를 한다. 큰소리로 운다. 그 소리를 듣고 나머지 늑대들도 울기 시작한다. 합창이다. 이렇게 함께 합창을 하고 나면 늑대들은 안정을 되찾는다. 분열과 갈등이 사라지고 다시 하나가 된다.

그리스도교 신자 중에는 찬송가를 부르다가 은혜를 입는 경우가 있다. 찬송 중에 찾아온다. 불안한 마음이 사라진다. 마음이 한없이 편안해진다. 혹은 어떤 주체할 수 없는 힘이 자신을 사로잡는다. 아무리 애를 써도 안 되던 용서가 찬송가를 부르는 중에 절로 일어난다. 눈물이 볼을 타고 흐른다. 동시에 새롭게, 새 사람이 돼서 살고 싶다는 생각이 걷잡을 수 없이 솟구쳐 오른다. 그렇게 회심, 곧 마음이 크게 바뀌는 체험을 한다.

노래의 힘은 크다.

얼마 전부터 그 집 엄마는 자신의 집에서 기타 교실을 열게 됐다.

"작은애 반 친구들의 엄마들이 보고 가르쳐 달라고 하네요. 아직 초보라고 사양을 해도 막무가내였어요."

반 친구의 엄마들도 내가 본 것을 본 모양이다. 악기 연주, 노래, 합창, 그리고 가족이 그걸 함께하는 평화롭고 화목한 풍경을. 일류 대학이나 고등학교를 향해 뛰는 나날에서는 얻을 수 없는 그 즐거운 한 순간을, 참 교육이라고 해도 좋고 참 살이라고 해도 좋을 그 무엇을.

기도의 방법

1

풀을 베어 논에 넣던 어느 날이었다. 논둑에 가져다 놓은 의자에 앉아 잠깐 쉴 때 아내는 말했다.

"아메리카 원주민 중의 한 부족은 기도할 때 바라는 것을 달라고 하는 게 아니라 가만히 침묵 속에서 신의 음성을 듣는다네요."

정신이 번쩍 들었다. 자신이 바라는 것을 달라고 소리치는 기도보다 훨씬 성숙한 인간이 하는 기도처럼 내게는 받아들여졌다.

그 기도의 핵심은 침묵이다. 자신을 빈 그릇처럼 텅 비우는 것, 그것이다. 그릇 안에 무엇인가가 들어 있어서는 안 된다. 내 안에서 잡념이 사라질 때 신은 내게 말을 할 수 있다. 혹은 나는 그 말을 들을 수가 있다.

틈이 나는 대로 바로 해 보았다. 신은 내게 말을 걸지 않았다. 아마도 그릇 비우기를 잘 못하고 있었기 때문인지도 모른다. 시간이 부족했을 수도 있다. 침묵은, 그릇 텅 비우기는 쉽지 않다는 것만 분명했다.

2

며칠 뒤 아침이었다. 나는 아침 신문을 읽기 위해 소파에 앉았다. 늦둥이가 바로 달려왔다.

"신문 보지 마."

그날 신문에는 꼭 읽고 싶은 기사가 있었다. 나는 아이를 달랬다.

"잠깐 읽고 난 뒤에 너와 놀게. 조금만 기다려 줘."

아이는 듣지 않았다.

"아니야. 신문 보지 마."

그때 아내의 말이 생각났다. '침묵할 때 신은 말한다'는. 그것은 내가 바라는 것을 버리라는 뜻이기도 했다.

나는 신문 읽기를 그만뒀다. 그리고 아이와 놀았다. 아이는 블록 쌓기 놀이를 하고 싶어 했다. 우리는 함께 블록을 높이 쌓아 올렸다. 끝까지 다 쌓으면 아이는 좋다고 웃으며 블록 주위를 돌며 뛰었다. 하지만 오래 두지 않았다. 곧 쌓은 블록을 발로 찼다. 블록이 넘어갔다. 아이는 그걸 보고 또 좋다고 뛰었다. 그걸 반복하다가 아침밥을 먹으라 부르는 소리를 들었다.

아침을 먹고 난 뒤에 나는 컴퓨터 앞에 앉았다. 찾아볼 것이 있었다. 하지만 늦둥이가 그냥 두지 않았다. 바로 다가와 턱밑에서 가만히 날 불렀다. 정을 담뿍 담은 얼굴로.

"아빠."

다시 아내 말이 생각났다. 나는 컴퓨터를 포기하고 아이를 향해 돌아앉았다. 아이 손에는 휴대용 이어폰이 들려 있었다. 1미터 조금 넘어 보였다. 그것의 한쪽을 내게 내어 주고 돌렸다. 줄이 일정하게 돌아갔다. 아이는 좋아서 마구 웃었다. 그러더니 줄을 잡고 옆방으로 갔다. 나는 다른 한쪽을 잡고 아이를 따라갔다. 두 방을 그 상태로 왔다 갔다 했다. 아이는 그것이 즐거운지 그침 없이 웃었다.

그때 아래층에서 할머니의 소리가 들렸다.

"가자."

어머니는 아침에 막내 동생네에 보낼 옥수수를 땄다. 그것을 소포로 부치러 갈 시간이었다.

아이는 이어폰 줄을 내던지고 아래층으로 달려 내려갔다.

옥수수 박스를 차에 실어 주고 나는 논을 향해 걸었다. 간밤에 많은 비가 내렸는데 탈은 없었을까?

'오늘 아침 기도는 좋았다!'

그렇게 나는 흡족했다. 나는 바로 나를 비웠고, 그 덕분에 늦둥이와 즐거운 시간을 보낼 수 있었다.

3

침묵의 시간을 가지면 해야 할 일들이 제일 먼저 떠오른다. 코앞의 일들이다. 그것을 다이어리에 적어 놓으면 그 뒤에는 해결되지 않은 일들이 떠오른다. 그것도 다이어리에 적는다. 대책도 함께 생각해 보고 그 내용을 다이어리에 적으면 그 뒤에는 풀지 못했던 해묵은 일들이 떠오른다. 그 과정에서 나는 내가 큰 죄인임을 알게 된다. 늘 같다. 침묵은 변함없다. 침묵 안에 들면 침묵은 늘 나를 일깨운다. 내게 보여 준다. 내 간교함을, 내 교만함을, 내 어리석음을, 내 염치없음을, 내 뻔뻔함을. 그렇게 내가 했던 부끄러운 행동들이 자세히 떠오른다.

'어떻게 해야 하나?'

쩔쩔매다 알았다. 하느님의 주머니에 넣는 길이 있었다. 내 나이 육십이 거의 다 돼서 찾은 주머니였다. 하느님의 주머니이지만 내가 쓴다. 당신도 쓸 수 있다. 누구나 쓸 수 있다.

나는 그 주머니에 나를 넣는다. 죄 많은 나를 넣는다.

달리 길이 없다. 내 힘으로는 풀지 못한다. 그런 일이 있다. 지나간 일만이 아니다. 조심해도 날마다 죄를 짓는다. 그런 날 나는 그 죄의식 때문에 잠을 이루지 못한다. 하느님의 주머니로 가는 길밖에 없다. 그 주머니에 나를 던져 넣는 길밖에 없다.

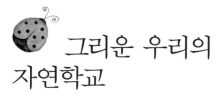

그리운 우리의
자연학교

1

자연은 경전처럼 우리에게 말한다.

'수고하고 무거운 짐진 자들아, 다 내게로 오라.

내가 너희를 편히 쉬게 하리라.'

사실은 그 반대였다. 경전이 자연의 흉내를 낸 것이다.

자연이 실체고 경전은 그 그림자에 지나지 않는다.

　이런 영감에 찬 짧은 엽서 한 장으로부터 자연학교는 시작
됐다. 우체국에서 발행하는 관제엽서에 수동 타자기로 쳐서
보낸 이 글. 단 여섯 장의 엽서가 전국에서 오십 명이 넘는

사람을 불러 모았다. 엽서를 받은 사람들이 자기가 다니는 요가 도장에 붙이고, 사무실에도 붙이고, 학교에도 붙인 결과였다. 혹은 친구에게 전화를 건 결과였다. 1986년 여름의 일이었다. 그때는 마이카 시대가 아니었다. 모두 꼭두새벽에 일어나 첫 버스를 타고 모였다.

2박 3일. 아무런 프로그램도 준비하지 않았다. 걱정할 거 없었다. 한 움큼의 자갈을 모래 위에 휙 던져도 나름의 아름다운 그림이 만들어지는 것과 같았다. 자연이라는 말이 모든 것을 만들어 갔다. 보이지 않는 힘이 우리를 이끄는 것과 같았다. 자연학교! 요즘은 흔해졌지만 그때는 개벽과 같았다.

그 첫 모임을 시작으로 절로 전국에 인드라 망이 만들어졌다. 우리는 계절에 한 번씩 자연학교를 했고, 그 가운데서 느슨하지만 탄탄한 망이 생겼다. 나중에는 외국까지 망이 뻗어 나갔다.

2

청년이었기 때문일까? 그때 우리는 영감으로 가득했다. 겁이 없었다. 마음껏 꿈꿨다.

새로운 세계는 누가 여는가? 메시아를 기다려야 하는가? 아니다. 직감이 우리를 인도한다. 내면의 목소리에 귀를 기울이자. 아직 세상은 짙은 어둠 속이지만 두려움 없이 가자.

우리는 그렇게 확신했다. 또 우리에게는 후쿠오카 마사노부라는 선배이자 친구가 있었다. 자연농법의 창시자인 그는 우리를 향해 이렇게 말했다.

'나는 지금 단순히 농사의 한 방법을 소개하려고 하는 게 아니다. 더 능률적이고 생산적인 어떤 방법을 주장하려는 게 아니다. 나는 이 책을 통해 신에 대해 말하려고 한다. 무식한 한 농사꾼이 흙속에 파묻혀 살며 찾은 신과 자연에 대한, 말로 나타내기 어려운 그 이야기를 하려고 하는 것이다.'

'나는 지금 자신감을 갖고 무꽃이 곧 신이라고 잘라 말한다. 무꽃도 신이고, 그 꽃 위에서 춤을 추는 흰나비도 신이다. 인간은 신이 무엇이고 자연이 무엇인지를 모르는 채 자연을 이용하고 파괴하면서

그 위에 문명을 쌓아 왔다.'

'경운기와 트랙터를 버려라. 사람이 갈지 않아도 땅
스스로 간다. 그쪽이 좋다. 그것이 농사의 제1원칙이
다.'

이런 내용을 담은 후쿠오카의 책《자연농법》이 한국에《생
명의 농업과 대자연의 도》(뒤에 나온 증보판 제목은 '생명의 농업')란
이름으로 소개되며 그 책을 읽은 많은 사람들이 도시를 버렸
다. 대단한 반향이었다. 책 앞부분에 실린 사진 한 장만 보고
다니던 직장에 사표를 낸 사람조차 있었다.

소리 없이 하나의 세계가 열리고 있었다. 천천히, 눈에 띄
지 않게 새로운 변혁이 일어나고 있었다. 모두가 잠들어 있는
밤이었는데 말이다. 요즘은 대학에서도 생태농이니 대안 에
너지니 지속 가능한 삶의 방식이니 하는 분야의 연구가 이
루어지고 있지만 그때는 그런 이름조차 없던 시절이었다. 아
무도 자연환경이 얼마나 소중한지 모르던 시절이었다.

그런 속에서 우리는 꿈꿨다.

스스로 농사지어 먹는다.

검소한 옷차림과 소박한 밥상에 만족한다.

나를 바꿈으로써 새로운 세상이 열리는 데 이바지
한다.

전국에 여기저기 절로 거점이 생기기 시작했는데, 그 거점
들의 이름이 재미있었다. 아뿔싸, 맙소사, 안락사, 복상사, 남
이사……

웃자고 지은 이름이지만 속뜻이 있었다. 뭔가 잘못한 걸 알
아챘을 때 우리는 '아뿔싸'라는 감탄사를 터뜨린다. 그처럼
'아뿔싸'는 깨어서 살자, 최소한 자신이 무슨 짓을 하고 있는
지 정도는 알고 살도록 하자는 뜻의 이름이었다. 또 한자로
쓰면 我佛^{아불}이 되는데, 곧 내 안에 부처가 계시다는 그런 뜻
이기도 했다. '맙소사'도 아뿔싸와 비슷한 뜻이다. '안락사'는
편안하게 죽겠다는 뜻은 물론 아니고, 탄생 그 자체가 벌써
출세임을 알고 주어지는 하루에 감사하며 기쁘고 즐겁게 살
겠다는 뜻이었다. '복상사'는 겉으로는 배위에서 죽는 걸 말
하지만 '허기심^{虛其心}하고 실기복^{實其復}하라'는 노자의 글귀에
뿌리를 두고 있다. '세상을 볼 때 나눠 보지 말고 한 식구처럼
나누며 함께 살자'라는 뜻이었다. '남이사'는 나는 남 흉내는
절대 내지 않겠다, 나는 내 길을 걷겠다는 다짐이자 선언이었

다. 그렇다고 그렇게 써서 붙인 것은 아니고, 그저 우스갯소리로 그렇게 부르며 지냈던 정도였는데, 각자 자신의 자리에서 그 자리가 곧 도량이 될 수 있도록 애썼던 것도 사실이다.

3

자연학교는 한 계절에 한 번씩 일 년에 네 번 열렸다. 학교라지만 학교 건물이 있었던 것은 아니다. 우리는 세상이 모두 학교라는 생각을 갖고 있었다. 학칙은 하나였다. 늘 학생의 자세로 자신을 낮춰야 한다는 것이 그것이었다. 그래야 세상이 모두 학교가 된다. 선생과 학생의 구분도 없었다. 모두 선생이자 학생이었다. 조직 차제가 없었다.

다시 말하지만, 그때 우리는 청년이었다. 그래서 그런 기고만장한, 엄청난 생각을 할 수 있었던 거다.

룰이 있었다면 단 두 가지였다. 내세운 건 아니고 같이 공감하는 정도였다.

그 하나는, 일체의 모든 행동이 허락되지만 남에게 피해를 입히는 행동은 안 된다는 것이었다. 이런 불문율 속에서 봄에 옷을 벗고 가을에 입는 장기 나체 생활을 하는 농가도 있었다.

다른 하나는 잘난 사람 중심으로 가지 않는다는 것이었다. 뒤에 있는 사람을 아무도 눈치 채지 못하게 앞으로 모시는 그런 살림이 돼야 한다고 우리는 생각했다. 잘난 사람이 중심이 되면 어디서나 볼 수 있는 흔한 판박에 안 만들어진다. 이런 정신 덕분인지 자연학교는 당시에 전국에서 가장 재미있는 모임이라는 찬사를 안팎에서 받았다.

돌이켜 보면, 그때 우리는 천 리를 나는 봉황의 삶을 꿈꿨다. 그 가운데 몇 가지를 소개하기로 하자.

300평 농부 : 자연농법에 의한 자급자족! 그 길은 낫과 괭이 정도의 농기구만 있으면 된다. 경운기와 트랙터가 필요 없다. 6개월만 일하면 된다. 그 6개월도 농번기를 빼면 반나절만 일한다. 나머지 시간은 시를 짓고, 그림을 그리고, 춤을 춘다. 연극을 한다. 여행을 한다. 봉사 활동을 한다. 반전 운동을 한다. 그리고 자식과 함께 그 속에 산다. 그렇다. 학교는 필요 없다. 아이들은 그 속에서 절로 잘 자란다.

전국 무전 학습 여행 : 가장 성공했던 아이디어였다. 전국 곳곳에 거점이 있어, 그 집들을 중심으로 돈이 없이도 가능한 여행 코스가 개발됐다. 여행자는 거점에서 배우고 먹고 잘 수 있었고, 거점은 여행자로부터 일손을 얻었기 때문에 손해날 게 없었다. 여행자는 거점에서 배우고, 거점은 여행자에게서 배웠다. 양쪽이 다 좋은 학습 여행이었다. 거점 중에는 역시 농가가 많았다.

바보대학 : 세상을 학교로 삼아 4년간 배운다. 세상이 곧 학교이므로 학교를 세우는 데 돈이 들지 않는다. 그럼 어떻게 운영이 되나? 자기 일을 가진 자원봉사자들이 다양한 프로그램과 배움터를 개발하여 학생들을 돕는다. 건축 기술을 배우고 싶어 하는 학생이 있으면 목수에게 보낸다. 목수는 일꾼을 하나 얻는 셈이다. 그 목수는 학생이 공부를 마치면 다음 학습지로 가는 차비 정도를 마련해 준다. 이 학교에 다니는 부모는 그러므로 자식 학비 걱정이 없다. 나아가 부모도 돈 걱정 없이 자식들과 함께 이 학교에 다닐 수 있다. 평생 공부만 하고 살 수도 있다.
외국어? 외국어는 외국에 가면 된다. 바보대학은 지구 규모다. 바보는 외국에도 있다. 걱정하지 않아도

된다.

자연학교는 1990대 말까지 10여 년 계속되다가 끝났다. 우리의 꿈은 실패했다. 가슴에 상처도 남았다.

그러나 자연학교는 처음부터 없었다. 세상이 곧 학교이고, 자각과 성찰이 곧 수업이라는 발상이었기 때문에 인류가 존재하는 한 자연학교는 없어질 수 없다.

우리의 모임이 없어졌을 뿐 자연학교는 여전히 쌩쌩하게 굴러가고 있다고 말할 수 있으면 좋겠지만, 아니다. 인류는 너무 많은 나무를 베고 있다. 물과 땅과 하늘을 너무 많이 더럽히고 있다. 너무 많은 동물이 인간이 만든 현대 문명 속에서 사라지고 있다.

문명이라는 이름의 열차! 목적지가 없는 열차다. 무서운 속도로 달린다. 그 안에서 인류가 쉬느냐 하면 아니다. 열차가 달리고 있는데도 그 안에서 인류는 뛰고 있다. 서로 앞을 다투며 죽어라 뛰고 있다. 넘어지고 자빠진다. 뒤처진 사람 중에는 목숨을 끊는 이도 있다. 그런 사람이 끊이지 않는다. 이것이 인류의 삶이다. 인류는 힘만 셀 뿐 머리가 나쁜 동물이다. 이 코미디극을 별과 개구리가 보고 웃고 있다.

아아, 그리운 우리의 자연학교!

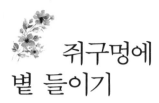

쥐구멍에
볕 들이기

1

해마다 우리 집에서 농사가 끝나면 하루를 골라 추수감사제를 했다. 그 이야기를 듣고 참가를 바라는 이가 있었다. 그이는 여름부터 가끔 전화를 해서 그날을 물었고, 자신도 꼭 초대해 달라고, 빼먹지 말아 달라고 부탁을 했다.

여럿이 모이면 즐겁다. 여러 사람들이 모이면 잔치는 그만큼 다양해져서 좋다. 좋기만 하느냐 하면 그렇지 않았다. 번거로웠다. 그렇게 느껴져서 차일피일 날짜 잡기를 미루다가 우리 식구끼리만 추수감사제를 하고 난 해, 그것이 아쉬웠는지 그이는 연말에 우리 집에 오겠다고, 내 의견을 묻지 않고 선언했다. 그뿐만 아니라 그가 아는 사람들까지 함께 오겠다고, 벌써 약속을 했다고, 다른 말 하지 말라고 했다. 의논이 아니었다. 통보였다. 함께 오겠다는 사람이 무려 열이 넘었다.

열이 넘는 사람이 모여 1박 2일을 보내기에는 우리 집은 좁았다. 그가 통보한 날은 12월 23일, 한겨울이었다. 화장실이 바깥에 있는 것도 문제였고, 방 안의 찬 공기도 걱정이었다. 여름이면 몰라도 겨울 모임에는 적당한 집이 아니었다.

몇 차례 전화를 주고받은 끝에 새로운 집이 정해졌다. 그래도 가고 싶은 마음이 일지 않았다. 잡담에는 영 구미가 당기지 않았다. 그렇다고 빠지기도 어려웠다. 길이 없을까? 그걸 의논하는 과정에서 '쥐구멍에 볕 들이기'를 하게 됐다.

모이고 보니 열둘이었다. 전국에서 왔다. 대구, 광주, 서울, 강원, 경기, 부산.

저녁을 먹었다. 각자 조금씩 싸 온 밑반찬만으로도 밥상은 다채롭고 풍성했다. 막걸리도 한 잔씩 마셨다. 설거지를 하고, 둘러앉았다. 곁에서는 화목 난로가 열기를 뿜고 있었다.

처음 보는 사람도 있었다. 자기소개 시간을 가진 뒤, 바로 이어서 '쥐구멍에 볕 들이기'를 시작했다.

'쥐구멍에 볕 들이기'는 집단 자기 개발 프로그램이다. 내용은 '쥐구멍 밝히기'와 '볕 들이기'의 둘로 이루어진다.

먼저 쥐구멍이란 무엇인가?

여기서 쥐구멍이란 햇살이, 에너지가, 사랑이, 관심이 필요한 자신의 그 무엇이다. 그것은 자신의 육체적 질병일 수도 있고, 소원일 수도 있고, 마음의 병일 수도 있고, 인간관계에서의 갈등일 수도 있고, 경제적인 고통일 수도 있고, 앞으로 하고 싶은 일일 수도 있다. 햇볕, 도움, 애정, 격려 혹은 비판, 길 안내가 필요한 자기 안의, 혹은 자신의 삶의 그 무엇이다.

'볕 들이기'란 쥐구멍에 빛이나 에너지, 길 안내가 될 그 무엇이다. 도움이 되겠다 싶은 인적 혹은 물적 정보, 자신의 경험, 의견, 아이디어 등이 여기에 포함된다.

진행은 3단계로 이루어진다.

제1단계 : 순서를 정하고, 순서에 따라 진행한다. A가 첫 대상자가 되었다면 A는 먼저 자신의 쥐구멍을 이야기한다.

제2단계 : 참가자가 볕을 보내는 시간이다.

제1단계에서 우는 사람이 나왔다. 이번 모임에서는 순서를 정하지 않았다. 자기소개를 하는 과정에서 절로 첫 번째 사람이 정해졌고, 그 뒤는 일사천리였다. 자기소개 때부터 뜨거워진 열기는 식을 줄을 몰랐다. 그 열기는 깊은 밤까지 이어졌고, 다음 날에도 다시 타올라 헤어질 때까지 계속됐다.

제3단계는 햇볕 통로 만들기다. 여기에는 크게 두 가지가 있다. 둘 중의 하나는 감상 나누기다.

1단계와 2단계가 모두 끝나면 마지막에는 한 사람씩 돌아가며 인사를 겸하여 자신이 얻은 햇살에 관해 말한다. 감상을 나누는 시간이다. 참가자는 남의 말에서도 많은 것을 배우고 깨우친다. 나도 볕을 받는다. 왜냐하면 사람이 겪는 갈등과 고통 혹은 고민은 거의 비슷해서 나와는 아무 상관없는, 오직 남의 것이기만 한 쥐구멍은 전무하거나 아주 적기 때문이다.

이 감상 나누기 시간을 통해 참가자 전원의 이야기를 듣다 보면 모임의 전 과정이 정리되며 남의 경험을 나누어 받는, 다시 한 번의 자기 정화 시간을 갖게 된다. 참가자 전체의 경험이 뿔뿔이 흩어져 사라지지 않고 각 개인에게 공유된다. 개개인에게 쏟아진 햇살이 개인에게서 모두에게로 퍼져간다.

이때 각 발표자는 선언도 함께 해야 한다. 무슨 말인가? 쥐구멍 중에는 그 자리에서 바로 해결이 되는 것도 물론 있지만 그렇지 않은 것도 있다. 아니, 그쪽이 더 많으리라. 그런 쥐구멍은 볕 들이기를 통해서 얻은 햇살이 모임이 끝난 뒤로

도 이어지도록 몸에 익히는 시간이 필요하다. 실천이 필요하다. 실제 생활에 적용해야 한다. 햇살을 살아야 한다. 그때서야 쥐구멍은 사라진다.

3

출발은 돌이었다. 돌을 보며 나는 첫 영감을 얻었다.

전에 살던 산속의 집, 그 집에는 아궁이가 있었다. 그 아궁이에 불을 피우던 어느 날이었다. 문득 아궁이 앞에 반원 모양으로 놓인 돌들에 눈길이 갔다. 나는 그 돌 중 하나 위에 짚방석을 깔고 앉아 아궁이에 불을 지피고 있었다.

그 돌들은 1년 365일 햇살 한 번 받지 못한다. 나의, 그리고 가끔씩 오는 방문객들의 발길에 짓밟히는 게 일인 돌들이었다. 산과 들에서 살며 하루 내내 햇볕을 받고 바람을 쐬는 돌들과는 처지가 사뭇 달랐다. 그 시절 내 형편도 좋지 않아 그랬을까. 그날따라 그 돌들이 육친처럼 가깝게 느껴졌다.

분명했다. 그 돌들은 자기 힘만으로는 그 부엌에서 벗어날 길이 없다. 그 돌들은 기약 없이 그곳에서 살아야 한다. 하지만 나라면 그 돌들을 큰 어려움 없이 아궁이 앞에서 들어낼 수 있다. 그 돌들에게 개벽을 선사할 수 있었다. 다시 말하지만 그때의 내 처지도 그 돌들과 크게 다르지 않았기 때문인지 그 느낌이 가슴에 깊게 새겨졌다. 내내 잊히지 않고.

그 뒤로 긴 시간이 흘렀고, 그 기간에 만난 사람들 중에는 그 돌들처럼 어둠 속에서 벗어나지 못하고 그 어둠에 고통을 받으며 살고 있는 사람들이 있었다. 아니, 정확히 말하면 그 사람뿐만이 아니었다. 모든 사람이 그랬다. 크든 작든 누구나 그런 것을, 곧 쥐구멍을 갖고 있었다. 나 또한 그랬다.

'그렇다면!'

하고 그 무렵 내 안에서 '쥐구멍에 볕 들이기'가 만들어졌다. 그렇다면, 모여서 잡담이나 하다 헤어질 게 아니라 서로 쥐구멍에 볕 들이기를 하면 좋겠구나, 하고 말이다.

그렇다. 장삼이사가 모여서 말이다. 예수나 석가도 자리를 함께 하면 좋겠지만 바쁜 그들은 내버려 두고 늘 만나던 사람만으로 충분하다. 시정잡배도 서로 머리를 맞대면 지혜가 나오고, 어린애에게도 가슴을 열고 귀를 기울이면 숨겨 두었던 말을 내어놓는다. 바보 취급을 해 오던 사람에게도 도움을 받는다.

그랬다. 뛰어난 사람 하나 없었지만 더 바랄 게 없는 시간을 우리는 보냈다. 그 모임이 지금까지 5년 넘게 이어지고 있는 것을 봐도.

자녀 교육은 이렇게

홍천에 있는 어느 치과 휴게실에 놓인 잡지에서 보았다. 자녀 교육을 어떻게 시켜야 하는지에 관한 기사였다.

이용태라는 이였다. 그가 주장하는 것은 세대를 하나 건너 뛰는, 곧 아버지가 아니라 할아버지가 손자를 가르치는 '격대 隔代 교육'이었다.

이용태는 한 달에 한 번씩 모두 열 명인 손자손녀들을 자신의 집으로 불러 모은다. 교육 자료는 미리 준비해 둔다. 교훈이 될 만한 이야기를 사전에 프린트해 두는 것이다. 그것을 손자손녀들이 돌아가며 읽고, 내용을 요약한다. 그 뒤에는 서로 느낀 점을 주고받는다.

이런 격대 교육을 통해 손녀손자들은 무엇을 배울까?

학교에 10분이라도 먼저 가서 창문이라도 열어 놓고, 어려운 일이 있으면 먼저 하고, 칭찬을 받으면 다 가르쳐 주신 덕분이라고 공을 돌리고…….

이런 것뿐인가? 아니다. 인생의 대 목표를 세우게 하고, 그 대 목표를 달성하기 위한 중 목표를 정한다. 예를 들어 인생의 대 목표가 행복하게 사는 것이라면 중 목표는 '친구들과 사이좋게 지내는 것', '공부를 잘하는 것' 등이다. 소 목표로는 '남의 입장에서 생각하기', '남의 흉 안 보기' 등이다. 이렇게 대·중·소 목표를 정하고 나날의 삶 속에서 실천한다. 아주 몸에 배도록 한다.

이용태 또한 할아버지에게 배웠다. 그래서 그는 자신을 마마보이가 아니라 '할아버지보이'라고 말한다.

할아버지는 이용태에게 출세하라는 말보다는 분수를 지키라고 말했다. 남 앞에 서려고 하지 말라, 부모에게 효도하고 어른을 공경하라, 나누고 도와주라고 말했다. 남에게 밑지는 것이 더불어 사는 도리라고 가르쳤다.

이런 할아버지 영향으로 이용태는 아름다운 삶을 살았다. 어버이 고생을 줄이기 위해 고등학교는 검정고시로, 대학은 아르바이트로 마쳤다. 그렇게 하면서도 주변의 많은 사람을 도왔고, 나중에는 데이콤을 맡아 한국의 공공기관 전체에 전산망을 까는 작업을 진두지휘했다.

2

이용태에 내가 가장 공감하는 부분은 교육 목표다. 그 목표가 남보다 더 많이 갖는 것, 더 높이 올라가는 것이라면 이야깃거리가 안 된다.

이용태는 이렇게 말한다.

"우리 애가 이번에 일등 했어, 조기 유학 갔어, 점수가 얼마 나왔어, 라고들 하는데, 그런 게 아니고 우리 애는 가정 교육 시키고 있다. 그래서 난 인제 애들 걱정 안 해. 이런 것이 엄마들의 자랑이 돼야 합니다."

여기서 가정 교육이란 곧 인성 교육이다. 분수를 지키고, 남 이기려고 하지 않고, 부모에게 효도하고, 어른을 공경하고, 나누고 도와주고, 남에게 밑질 줄도 알고……, 거기다 인생의 대 목표에서 중·소 목표까지가 분명하고, 이런 것이 몸에 밴 자식이라면 어디 내놔도 걱정할 필요가 없으리라.

위로만 올려 민 자식은 나무에서 떨어질 수 있어도, 가려

올라가라고, 혼자만 올라가려고 해서는 안 된다고 가르친 자식은 내버려 둬도 안 떨어진다.

3

할아버지가 없거나 계시더라도 함께 안 살거나, 혹은 할아버지가 멀리 사는 사람은 어떻게 해야 하나? 그런 사람들을 위해 소개하고 싶은 이가 있다. 그는 우리 집의 자녀 교육 방면의 멘토이다.

두 아이의 엄마인 그녀는 아이들과 모든 걸 함께 한다. 그것이 그녀의 방식이다. 그녀는 아이와 함께 책을 읽는다. 서로 다른 책을 읽는 게 아니다. 같은 책을 읽는다. 함께 영화를 본다. 함께 노래를 부른다. 함께 악기를 배운다.

"초등학교 저학년까지만이라도 아이들과 함께하세요."

자기 일이 있는 사람에게는 따르기 어려운 길이지만 그녀는 만사를 제치고 아이와 함께해야 한다고 조용히 말한다. 그 집 아이들을 보면 그녀의 말을 부정하기 어렵다. 아이들이 정말 잘 컸다. 무얼 가지고 잘 컸다 하는가?

첫째는 아이들 인성이 좋다. 순하고, 예의 바르고, 인내심이 있다. 어떻게 그걸 아는가 하면 여러 해 1박 2일에 걸쳐서 하는 우리 집 모내기를 함께 하며 보았기 때문이다. 아침 일찍 와서 다음 날 늦게 돌아가니, 이틀 일이다. 모내기를 하려면 허리를 구부려야 한다. 하루 종일 엎드려 있어야 한다. 어른도 힘이 든다. 허리가 아프고, 재미없는 그 일을 두 아이들은 불평 한 마디 없이 소화해 냈다. 모내기만이 아니다. 두 아이는 탈곡도 하러 왔다. 두 아이는 하루 종일 낫으로 벼를 베었고, 다음 날에는 아침부터 저녁까지 발탈곡기로 벼를 털었다. 그 쉽지 않을 일들을 싫은 얼굴 한 번 안 하고 잘 해냈다. 이놈들 봐라!

둘째는 독서다. 이야기를 하다 보면 그 아이들의 독서량에 놀라고는 한다. 그 결과인지 두 아이는 학교 성적 또한 뛰어나다.

"저도 많이 배워요. 아이들 책도 함께 읽다 보면 많은 걸 깨우치게 해 줘요. 아이들 덕분에 오카리나도 배웠고, 좋은 비디오도 많이 봤어요."

남의 얘기 그만하고 네 생각을 말해 보라고?

"음, 내 생각에는……."

자식에게 바라는 삶을 먼저 부모가 살아야 하지 않을까. 부모의 생활, 그 내용이 중요하지 않을까.

그러나 쉽지 않다. 학교와 사회로부터는 안 좋은 소식이 너무 많이 들려온다. 정규직이 적어 많은 젊은이들이 '집, 결혼, 출산'을 포기하는 삶을 선택하고 있다고 한다. 학생들의 말을 들어 보면 더 끔찍하다. '공부 스트레스가 너무 크다. 죽고 싶은 생각이 자주 든다.', '희망이 없다. 이렇게 사느니 죽는 게 더 낫다는 생각을 자주 한다.' 실제로 청소년 사망률 1위가 자살이다.

그러므로 현대 한국 사회에서 부모 노릇 제대로 하기는 불가능할 만큼 어렵다. 나 혹은 내 가족만으로 될 일이 아니기 때문이다. 그렇다. 그래도 출발은 내 가족이고, 나다. 내가 먼저 제대로 부끄럽지 않게 살아야 한다. 술 생각이 난다. 그것조차 얼마나 어려운 일인가.

꿈으로 온
한 소식

1

비가 억수같이 쏟아지던 밤이었다. 나는 꿈을 꾸었다.

아내와 나는 논에서 함께 일했다. 일이 있어 먼저 오며 나는 아내에게 부탁했다.

"오늘 밤에 비가 많이 온다네요. 올 때 물꼬를 열어 놔야 할 거 같아요. 잊지 말고요."

일기 예보대로 밤새 비가 많이 내렸고, 다음 날 아침에 가 보니 그 비를 못 견디고 둑이 크게 터져 있었다. 아내가 물꼬 열어 놓는 걸 잊은 탓이었다. 터진 둑을 고치려면 사나흘은

걸릴 것 같았다. 그만큼 크게 둑이 떨어져 나갔다. 떨어져 나
간 흙은 물길을 타고 멀리 갔는지 보이지 않았다. 어디서 흙
을 퍼다 넣어야 할지 난감했다. 나는 버럭 아내에게 화가 났
고, 그 화를 참지 못하고 아내에게 냈다. 아내는 잠자코 있었
다. 잠자코 있는 것이 미워 나는 다시 쏘아붙이는 말을 했다.
거기서 그쳤어야 했다. 그런데도 나는 그렇게 하지 못했다.
나는 자꾸 투덜거렸다. 그런 나를 바라보며 아내는 조용히
말했다.

"왜 내게 화를 내요?"

나는 그 대꾸에 더 화가 나서 소리쳤다.

"몰라서 물어요? 당신이 물꼬를 열어 놓으라는 내 말을 잊
어서 이런 일이 벌어진 거 아닙니까?"

아내는 동요하지 않았다.

"그렇더라도 화를 낸 건 당신이지요."

어이가 없어 말이 나오지 않았다.

"……"

아내가 여전히 조용한 목소리로 말을 이었다.

"그 상황에서 누구나 화를 내는 건 아니에요."

여기서 잠이 깼다.

나는 손으로 마른세수를 하고, 허리를 펴고 앉았다.

그랬다! 아내가 물꼬를 열어 놓지 않아 둑이 터진 건 사실이지만 화를 낸 건 나였다. 화를 낸 책임은 나에게 있었다. 화는 내가 선택할 수 있는 여러 가지 응대 중의 하나일 뿐이었다. 절대적이지 않았다.

꿈속이었지만 분명했다.

누가 이유 없이 나를 때렸다고 해도, 이웃집 아이가 내가 아끼는 물건을 망가뜨렸다고 해도, 누가 굳게 한 약속을 어겼다고 해도 그것은 마찬가지였다. 상황의 문제가 아니었다. 그 어떤 상황이든 화를 선택한 것은 나지 상황이 아니었다. 그러므로 화는 어떤 것이든 어리석음에서 왔다. 수양 부족에서 왔다.

2011년 7월 14일 새벽의 일이었다. 생생했지만 꿈이었다. 분명히 꿈이었다.

2

티베트의 욕 중에는 이런 것이 있다고 한다.

'당신은 화 잘 내는 사람이다.'

'저 사람은 화를 잘 낸다.'

이것이 어떻게 욕이 되는가 하면 티베트에서는 이 말이 바보천치 같은 놈이라는 말과 같기 때문이다. 화란 상대방만이 아니라 자신도 불행에 빠뜨린다. 그걸 모르는 어리석은 사람들이 화를 낸다. 그러므로 바보나 하는 짓이다, 라는 것이다.

워싱턴 대학의 엘마 게이츠 박사는 사람의 침, 곧 타액을 현미경으로 조사했다. 인간의 숨은 얼리면 소량이지만 침전물이 생기는데, 놀랍게도 마음의 상태에 따라 침전물의 색깔이 달랐다. 마음이 평온할 때는 무색, 곧 색깔이 없는 침전물이 나왔다. 사랑하는 감정 속에 있을 때는 분홍 색깔의 침전물이 나왔다. 화가 나 있을 때의 숨에서는 밤색의 침전물이 생겼고, 그것을 모아 쥐에게 주사하자 곧바로 죽었다.

화는, 우리 모두가 잘 알고 있듯이, 겨울 마왕과 같은 힘을 갖고 있다. 주위의 것들을 순식간에 얼어붙게 만든다. 집안에서 아버지가 화를 내면 집안 전체가 금방 얼음으로 가득 찬다. 아이가 화를 내도 집안이 그 즉시 얼어붙는다. 아버지만큼 두껍지 않지만 집안 전체에 얼음이 언다. 회사, 마을, 관공서, 사회, 나라 등도 같다. 그중에서 누군가가 화를 내면 얼어붙는다. 한여름 공기도 싸늘하게 만들 만큼 화의 힘은 세다. 계절과 관계없이 모든 것이 한 순간에 움츠러든다.

3

내게는 다기 한 벌이 있다. 아는 이로부터 선물로 받았다. 선물한 사람에게는 미안한 말이지만 그 다기에는 큰 흠이 있다. 물매가 나쁘다. 찻잔에 물을 따를 때 깔끔하게 따르기가 어렵다. 물이 주전자 꼭지를 타고 흘러 찻잔 바깥에 떨어진다. 물을 많이 담을수록 더 심하다. 7부쯤 담으면 훨씬 나아지고, 5부쯤 담고 조심하면 흘리지 않고 찻잔을 채울 수 있다. 이제까지 써 본 것 중 최악의 다기다.

그것이 불편해 한동안 그 다기를 버릴 생각까지 했다. 그러다가 적게 담을수록 괜찮다는 것을 알고부터는 반대로 그 다기를 선물로 준 이에게 감사하게 됐다. 비워야 함을 일러주는 명품이란 것을 알게 됐기 때문이다. 그렇게 나 자신을 다독이며 다기를 쓰던 어느 날 나는 알았다. 그 다기가 꼭 나를 닮았음을.

나는 누가 조금 칭찬을 하면 바로 넘친다. 물을 흘리는 다기와 같다. 일이 잘돼도 그렇다. 바로 허랑해진다. 자제를 못한다. 여럿의 칭찬을 들은 날에는 주체를 못하고 거들먹거리다가 되레 망신을 당하고는 한다. 내 힘으로는 수위 낮추기가 어렵다. 또 화는 얼마나 잘 내나. 내가 생각해도 한심하다. 나는 물매가 정말 안 좋은 다기다.

스토아 철학의 대가로 널리 알려진 세네카는 자신의 책 《화에 대하여》에서 이렇게 우리에게 묻고 있다.

"화를 내며 보내기에는 우리 인생은 너무 짧지 않은가?"

화는 반드시 낸 사람에게 돌아온다며 세네카는 권한다.

'화를 내는 당신, 잠깐 화내기를 멈추고 가서 거울을 보라.' 세네카는 말한다.

'화를 내어 이기는 것은, 결국 지는 것이다.'

'화는 솔직함이 아니라 분별없음의 표현이다.'

'상대방을 파멸시키기 위해 자신이 파괴되는 것도 불사하는 것이 화다.'

'화가 당신을 버리기 전에 당신이 먼저 화를 버려라.'

나는 그날 아침 허리를 펴고 앉아 다짐하고 다짐했다, 그 어떤 일에서나 화를 내지 않기로. 내지 않을 뿐만 아니라 아예 화가 나지 않는 사람, 그런 사람이 되어야 한다고.

 나의
주례사

1

전화가 왔다.

포항에 사는 이였다. 내 책 《산에서 살다》의 독자였다. 그 책을 읽고 내게 전화를 했고, 몇 번 내가 살던 산에 찾아왔던 사람. 포항제철에서 정년퇴임을 했고, 10년이 넘게 하루 20킬로 이상씩을 뛴 사람.

아들 결혼식 주례를 서달라는 게 전화를 건 이유였다. 나는 안 된다고 지체 없이 잘랐다. 몇 번 경험이 있어 나는 잘 알고 있었다. 단칼에 자르는 게 가장 좋았다. 두 말 못하게, 말을 꺼내자마자 자르는 게 가장 좋았다. 이런 내 전술은 늘 성공했다. 하지만 그는 질겼다. 쇠가죽처럼 질겼다. 40분이 넘게 통화가 이어졌다. 결국 졌다.

주례 요청을 받은 것은 그때가 처음은 아니지만 하기로 한 것은 처음이어서 준비를 해야 했다. 뭔 이야기를 하면 좋을까, 생각해 보고, 그것을 글로 썼다.

2

주례 부탁을 받고 저는 바로 안 된다 했습니다. 그래도 해 달라, 안 된다, 해 달라, 안 된다 하기를 30분이 넘었습니다. 왜 그랬는가 하면, 저는 농부이기도 하지만 작가이기 때문입니다. 작가는 글로 승부를 보아야 하기 때문입니다. 이런저런 단체, 신문이나 방송국에서 오라는 대로 가서 말을 하다 보면 오버를 하게 됩니다. 그렇게 되면 언행이, 곧 말과 행동이 벌어지게 됩니다. 그래서 불러도 안 갑니다. 그런데 여기는 오게 됐습니다. 오며 다시는 이런 데 오지 말아야지 다짐을 하고 왔습니다. 역시 작가는 글로 승부를 보아야 하기 때문입니다. 그런데 사실은 이것은 표면적인 이유이고, 진짜 이유는 다른 데 있습니다. 저는 자격이 없습니다. 이혼을 한 사람이기 때문입니다. 그래서 나는 주례 자격이 없다고 한 것입니다. 하지만 주례를 부탁한 분에게 설득되어 이렇게 오게 됐는데, 그 뒤는 쉬웠습니다. 저는 이혼을 하며 깨우친 것이 있기 때문입니다. 그 이야기를 하면 되기 때문입니다.

그 이야기를 시작하기 전에 질문을 하나 드리겠습니다. 여러분은 이 세상에서 가장 잘사는 사람으로 어떤 사람을 꼽고 있습니까? 신랑 신부도 알고 있으면 대답을 해 보세요.

이 세상에서 가장 잘사는 사람은 '행복한 사람', '부부 금슬이 좋은 사람'입니다. 잘생긴 사람도, 벼슬이 높은 사람도, 돈이 많은 사람도 아닙니다.

그러므로 결혼을 한 사람이라면 누구나 행복한 사람, 행복한 가정을 목표로 해야 합니다.

그걸 바라지 않는 집이 어디 있느냐고요? 그런데 사실은 안 그렇습니다. 우리는 결혼하는 사람에게 뭐라고 합니까? 기선을 제압하라. 처음부터 길을 잘 들여야 한다고 하지 않습니까? 기선을 제압하라니, 전쟁터에 나갑니까? 그리고 저쪽은 가만히 있습니까?

결혼한 사람에게 가장 중요한 것은 부부 금슬입니다. 금슬이 좋으면 천국이고, 나쁘면 지옥입니다.

그러므로 자주, 아니 늘 점검을 하세요. 우리는 행복한가? 그래서 누가 언제 물어도 '예, 우리 부부는 행복합니다.'라고 큰소리로 자신 있게 대답할 수 있어야 합니다. 그것이 최고입니다.

다시 말하지만 부부 금슬이 일순위입니다. 그걸 깨치면 끝입니다. 금슬이 좋은 부부가 되려면 어떻게 해야 합니까? 간단합니다. 가장 중요한 것은 부부 금슬인 줄 아는 것입니다.

그걸 알면 생활이 그 방향에서 이루어집니다. 스스로 건강을 지키려고 노력하게 됩니다. 건강하지 않으면 나만 힘든 게 아니기 때문입니다. 화가 나는 일이 있어도 그것을 내려놔야 함을 알게 됩니다. 상대방을 용서해야 함도 알게 됩니다. 자신의 심보를 키우기 위해 노력하게 됩니다. 남 탓을 하지 않게 됩니다. 노래하는 시간, 웃는 시간을 늘려야 한다는 걸 알게 됩니다. 이런 것에 힘쓰다 보면 그것이 자리를 잡고, 자리를 잡으면 천하무적입니다. 어떤 일이 일어나도 헤쳐 나갈 수 있습니다.

이런 힘을 기르는 데 가장 좋은 곳이 가정입니다. 부부 관계입니다. 저 사람 비위 맞추기 쉽지 않습니다. 금슬 좋은 부부 이 세상에 그렇게 많지 않습니다. 그런데 금슬이 좋다면, 공부가 된 것입니다. 일터에서도 잘해 나갈 수 있고, 모든 관계도 잘 풀어 갈 수 있어요.

결혼을 하고 나면 부모님이 가끔 전화를 합니다. 전화를 해서 '잘 지내니?' 하고 묻습니다. 그때 '예, 정말 좋아요. 제 인생의 최고의 시기인 거 같아요.'라고 대답할 수 있어야 합니다. 그것이 최고의 효도입니다. 부모님도 살아 봐서 압니다. 부부가 행복하기 쉽지 않다는 것을. 그것이 최고라는 것을. 그런데 대답하는 목소리가 정말 좋아 보이면 기쁩니다. 큰 걱정을 놓습니다.

그런 부부는 아이를 낳아도 잘 낳고, 그 아이가 학교에 가도 마음이 편안합니다. 기준이 성적이 아니기 때문입니다. 불행하게도 이 사실을 모르는 부모들은 성적을 놓고 자식들과 싸웁니다. 높니 낮니 하며 서로 고통을 받습니다. 공부를 못하면 제 자식인데도 사람 취급을 안 합니다. 이것이 한국의 현실입니다.

하지만 행복을 기준으로 하는 부모의 아이는 늘 행복합니다. 성적에 관계없이 행복합니다. 공부 못하면 공부 말고 다른 길을 가면 됩니다. 성적만이 길은 아니니까요.

저는 늘 놀랍습니다. 남편과 아내 사이에 이렇게 무궁한, 다함이 없는 기쁨이 숨어 있다니! 하고 벌린 입을 다물 수 없게 됩니다. 부부 금슬이 좋으면 사는 게 무진장 즐겁습니다.

행복을 삶의 목표로 하라는 이 말과 함께 저는 신랑신부에게 또 한 가지 선물을 준비했습니다. 책입니다.

이 책은 제가 작년에 농한기를 이용하여 56일간 걸어서 천이백 킬로미터를 순례하며 건진 행복의 비결 34가지를 적은 책입니다. 천이백 킬로미터라면 삼천 리입니다. 그 길을 걸으며 만난 수많은 사람들, 하늘, 바람, 바다, 산, 나무, 새, 벌레 등이 일러준 행복의 비결입니다.

이 책을 저는 신랑신부에게 선물하려고 합니다만, 곧 이어질 신혼여행에는 짐이 될 터이니, 일단 신랑의 아버지에게 맡겨 놓겠습니다. 신혼여행에서 돌아와 인사를 드리러 갈 때 찾아가시기 바랍니다.

다시 한 번 두 사람의 결혼을 축하하며 이만 주례사를 마치도록 하겠습니다. 감사합니다.

3

한국 방정환재단과 연세대 사회발전연구소에서는 2014년 봄에 전국의 초·중·고생을 대상으로 '한국 어린이·청소년 행복지수 국제 비교 연구'를 했다. 그 조사 결과에서 흥미로운 것은 '행복을 위해 가장 필요한 것은 무엇인가?'라는 질문에 관한 답에서 초등, 중등, 고등학생 간의 차이다. 초등학생은 제1순위로 '화목한 가정(43.6%)'을, 2순위로 '건강(20.6%)'을, 3순위로 '자유(13.0%)'를 꼽은 반면 중학생은 역시 '화목한 가정'이 가장 많았지만 퍼센트가 낮았고(23.5%), 2순위는 성적 향상(15.4%)이었다. 한편 고등학생은 1순위가 돈(19.2%)이었고, 그 뒤는 '성적 향상(18.7%)'과 '화목한 가정(17.5%)' '자유(13.0%)' 순이었다.

이 연구 결과는 놀랍다. 결과가 거꾸로 나왔기 때문이다. 내 눈에는 고등학생보다 중학생이, 중학생보다 초등학생이 더 현명하다.

화목한 가정, 웃음꽃이 피어나는 집안이 최고다. 그걸 1순위로 삼아야 한다. 그 중심에 부부가 있다. 부부 사이가 좋아야 한다. 그것은 모든 관계의 원점이다.

우리 부부는 사이좋게 살기 위해 일주일에 하루 '빛 안의 시간'을 갖고 있다. 매주 목요일에 하고, 시간의 길이는 서너 시간가량이다.

내용은 크게 두 가지다. 그중 하나는 마음 나누기. 이 시간에 우리는 한 주일 동안의 마음 안의 일을 털어놓는다. 상대방에게 서운했던 점이 있으면 이때 말하고, 쌓이는 것이 없도록 한다. 다 풀어 버린다.

2부에서는 일 이야기를 한다. 그 주의 집안 대소사를 공유하고, 의논한다. 서로가 하는 일이 어떻게 진행되고 있는지도 말하고, 함께 해야 할 일 따위를 주제로 자세하게 의논한다.

도움이 된다. 한집에 살면서도 둘만의 시간을 일부러 갖지 않으면 상대방이 무슨 생각을 하며 사는지 모르기 쉽다. 그런 날이 많아지면 둘만의 힘으로 풀기 어려워지는 수도 있다.

5

아무도 가지 않은 길

한 줄
시(詩)

1

늘둥이가 이틀 동안 불덩이처럼 열이 나 밤새 아내와 함께 돌봐 주고 난 아침이었다. 잠이 부족했다. 오전 5시였다. 마감을 지어야 할 원고가 있었지만 다시 잠자리에 누웠다. 몸이 무거워 도저히 견딜 수 없었다.

한 시간쯤 잤다. 그 잠 속으로 하이쿠 한 수가 왔다.

서둘지 마라

서둘지 마라, 하고

여치가 운다

꿈속에서 지은 하이쿠다. 잠에서 깨어 내가 한 일이라고는 옮겨 적은 것뿐이다. 그랬다. 나는 꿈속에서 그 하이쿠를 지었다. 기억이 난다. 처음에는 '서둘지 마 서둘지 마, 하고'라고 했던 것이, 그런데 왜 윗글에는 '서둘지 마라'라고 했나?

하이쿠는 정형시다. 5, 7, 5. 다섯, 일곱, 다시 다섯 자 안에 자신의 경험을 담아야 한다. 거기에 맞추느라 '마'가 '마라'가 됐다.

하이쿠에는 규칙이 하나 더 있다. 하이쿠에는 계어季語, 곧 그 계절을 나타내는 낱말을 넣어야 한다.

나는 농사철에는 거의 모든 낮 시간을 논이나 밭에서 보내는데, 그곳에 갈 때 나는 주머니에 작은 종이 한 장과 연필을 넣고 간다. 날 찾아오는 하이쿠를 받아 적기 위한 일이다.

하이쿠는 짧다. 그러므로 가능한 일이다. 적는 데 시간이 얼마 안 걸리고, 또 일을 하면서도 이렇게 저렇게 문장을 다듬어 볼 수 있다.

2

오래된 연못
개구리 뛰어든다

물소리

바쇼의 것으로, 널리 사랑받고 있는 하이쿠다.

어떤 번역서에는 '물소리'를 '풍덩!'으로 옮겨 놓은 게 있지만, 그리고 그것이 더 맛있게 느껴지지만 사실 그것은 의역이다. 직역으로는 '물소리水の音'다.

《선승의 일화 모음집禪門逸話選》이란 책이 있다. 그 책에는 위의 시가 생기게 된 이야기가 자세히 소개돼 있다.

이야기는 이렇게 시작된다.

어느 고승이, 요즘 말로 하면 한 큰스님이 육조라고 불리는 제자를 비롯하여 몇 명의 재가 신도와 함께 바쇼를 찾아갔다.

여기서의 육조란 중국 선불교의 역사에서 유명한 육조 혜능의 육조를 말하는 게 아니다. 그 또한 혜능처럼 글자를 읽거나 쓸 줄 몰랐지만 견성, 곧 깨달음을 얻었기 때문에 주변 사람들로부터 '육조'라 불리던 한 남자의 이름이었다. 말하자면 육조는 그의 애칭이었다.

육조는 만나자마자 바쇼를 점검했다.

"일러 보라. 이 집의, 이 한가한 집의 저 풀과 나무가 하는 말을?"

바쇼가 바로 대답했다.

"잎들. 큰 것은 크고, 작은 것은 작다."

이번에는 큰스님이 물었다.

"요즘 그대는 뭘 하며 지내나?"

그때 마침 개구리 한 마리가 곁에 있는 연못 속으로 뛰어들었다. 바쇼는 잠시도 틈을 두지 않고 읊조렸다.

"개구리 뛰어든다. 물소리."

큰스님이 그 말을 듣고 껄껄 웃었다.

육조가 나섰다.

"좋다! 그런데 그거로는 부족하다. 앞에 한 문장이 더 있어야 한다."

점검은 끝났다는 뜻이었다. 육조는 하이쿠로 묻고 있었다. 바쇼의 대답은 하이쿠로도 뛰어났던 것이다. 하이쿠는 5, 7, 5의 정형시다. 뒤의 7, 5는 됐으니 앞의 5를 넣어 보라는 뜻이다. 그렇다. '개구리 뛰어든다. 물소리'는 7, 5가 아니고, 7, 3이다. 번역의 한계다. 원어는 '미즈노 오또'로, 세 글자가 아니고 다섯 글자다.

이번엔 바쇼가 물었다.

"그렇다. 그대 말 그대로다. 하이쿠로는 한 수가 더 필요하다. 그걸 여러분이 한번 내봐 봐라."

한 이가 나섰다.

"해가 저물고."

또 한 사람이 말했다.

"고적한 시간."

바쇼가 듣고 나서 말했다.

"여러분 것도 좋지만 나라면 여기 있는 그대로 '오래된 연못'으로 하겠다."

이렇게 하여 바쇼의 '오래된 연못/개구리 뛰어든다/물소리'라는 유명한 하이쿠가 탄생하게 됐다.

그리고 여러 날 뒤, 그 자리에 있던 큰스님이 하쿠인白隱이라는, 다른 남자의 애인데 애 엄마가 하쿠인의 애라고 우기는 바람에 온갖 욕을 먹으면서도 변명 한 마디 안 하고 중의 신분으로 갓난아이를 안고 다니며 젖을 얻어먹여 아이를 키운 것으로 유명한 스님을 만나 그 이야기를 했다. 하쿠인 역시 바쇼의 그 하이쿠에 감탄하며 이런저런 이야기를 하고, 다과도 나누다가 붓글씨가 화제가 되며 바쇼의 그 하이쿠를 하쿠인이 그 자리에서 바로 써 보기로 했다.

하쿠인이 썼다.

'오래된 우물'

옆에서 지켜보던 큰스님이 손사래를 쳤다.

"스님, 아닙니다. 우물이 아니고 연못입니다."

하쿠인이 웃었다.

"우물로도 좋지 않소. 개구리가 뛰어들며 물소리가 났는데, 연못이라 해도 좋고, 우물이라 해도 좋지 않소?"

이 말을 듣고 두 스님이 크게 웃었다.

3

하이쿠는 일본에서 시작되고 발전한 시다. 일본 문학의 한 형태다.

앞에서도 소개했지만 하이쿠에는 꼭 계어, 곧 계절을 나타내는 말을 넣어야 한다는 규칙이 있다. 나는 농사를 짓는다. 농사는 날씨와 계절에 민감하지 않을 수 없다. 농부는 계절과 날씨를 살펴 가며 씨앗을 뿌리고, 모를 내고, 김을 매고, 열매를 거둬들인다. 날씨와 계절의 영향이 아주 큰데, 그뿐만이 아니다. 계절은 하늘의, 썸씽 그레이트^{something great}의, 하느님의 선물이다. 열에 아홉은 모르지만 계절은 사랑 그 자체다. 하이쿠는 그것을 깊고 넓게 느끼게 해 준다.

물론 나도 하이쿠가 일본 것이라는 점에서 걸린다. 하지만 넓게 보고 있다. 음악으로 예를 들면 우리는 힙합도 받아들였고, 로큰롤도 받아들였다. 문학도 같다. 세계의 모든 문학이 한국에 들어오고 있다. 하이쿠도 그중 하나다.

한편 나는 하이쿠에서 자유롭게 글을 짓는다. 5, 7, 5를 어기는 일이 많고, 계절 언어도 넣지 않는 경우가 많다. 그러므로 나는 내 시를 '한 줄 시'라 부르고 있다. 나는 노래가 좋을 뿐 형식에는 관심이 없다.

봄 여름 가을 겨울!

이 엄청난 선물이 누구에게나 공평하게 주어지는데, 계절은 어느 것이나 하루로 온다. 하루를 통해 자신의 모습을 드러낸다.

하루!

그 안에서 새 잎이 나고, 꽃이 핀다. 사랑을 하고, 아이가 태어난다. 여행을 하고 책을 읽는다. 물이 흐르고 바람이 분다. 해가 뜨고 별이 뜬다. 나무가 자라고 숲이 우거진다. 봄이 오고, 겨울이 간다.

그 속에서 한 줄 시 한 수를 건지는 날은 기쁘다. 참외 덩굴에 꽃이 피고, 오이에 열매가 열리는 것도 좋지만, 그 속에서 한 줄 시 한 수를 얻는 날은 정말 기쁘다.

빙판 만들고

눈으로 덮어 놓는

겨울의 장난

며칠 전에 얻은 한 줄 시다. 지금은 겨울이다.

음악이 사랑한
남자

1

9월 1일 아침이었다. 논에 갔다 돌아오니 몇 군데서 전화가
와 있었다. 그중의 하나는 모르는 사람이었다. 전화를 걸었다.

젊은 남자였다. 내 책을 읽었다고 했다. 《산에서 살다》를
읽다가 울었다고 했다. 여름휴가 중인데 날 만나고 싶어 왔다
고 했다. 지금 고음실이라는 곳에 막 접어들고 있다고 했다.
고음실이라면 우리 마을이다.

거절할 수 없었다. 그는 잠시 뒤 도착했다. 마실 물을 떠다
놓고 마루에 마주 앉았다.

"눈물이 나면 어떻게 할까 걱정을 했는데, 그렇지 않네요."

그는 그렇게 말하며 웃었다.

성은 노, 나이는 서른둘. 한 사무실에 다닌다고 했다. 진짜 하고 싶은 일은 음악이었고, 여러 가지 악기 연주를 한다고 했다. 베이스 기타와 콘트라베이스, 그리고 아프리카의 북인 젬베.

"중학교 2학년 때였어요. 〈Eye in the sky〉라는 노래를 듣다가 한 악기에 마음이 끌렸어요. 그 악기가 베이스 기타였어요."

용돈을 모아 기타를 샀다. 기타가 좋았다. 6년 동안 안고 다녔다. 잘 때도 안고 잤다.

아내는 점심으로 통밀국수를 만들었다. 점심을 먹고 나서 나는 10년 넘게 먼지를 뒤집어쓰고 앉아 있는 북을 가져왔다. 소리북이었다.

노는 빼지 않았다. 성큼 북을 안고 손바닥으로 두두둥 두두둥, 두드리기 시작했다. 손바닥과 손가락을 바꿔 가며 썼다. 소리가 달리 났다. 상당히 익은 솜씨였다.

"코스모스 피어 있는 정든 고향역……"

노는 북을 치며 노래했다. 첫 곡은 〈고향역〉이었고, 두 번째 곡은 〈봉선화 연정〉이었다. 어머니가 칭찬을 하며 한 곡 더 부탁했다.

"뭘 할까요?"

내가 어머니의 십팔번인 〈사랑은 나비인가 봐〉를 주문했다. 그는 그 곡도 잘 소화해 내 우리 어머니를 기쁘게 했다.

노는 온갖 노래를 접해 보았지만 그중에서 흑인 노래가 좋았다. 오랜 시간 흑인 노래를 들었다. 그러다가 나이 들어 가요가 좋아졌다. 트로트 또한 서민의 노래라는 점에서 흑인 노래와 바탕이나 정서가 같았기 때문이었다.

어머니가 물었다.

"어머니는 계세요?"

어머니의 십팔번이다. 결혼은 했냐? 부모님은 계시냐? 나이는 몇이냐?

"네."

"건강하세요?"

"네, 얼마나 잔소리를 잘하시는지 몰라요."

노는 웃기는 말을 잘 했다.

나중에 차로 노를 서울 가는 버스가 있는 양덕원까지 데려다주고 온 아내에게 들었다.

아내가 물었다.

"혼자세요?"

"아직 결혼 안 한 서른여덟이 된 누나가 한 명 있어요."

아내도 마흔까지 노처녀로 살아 노의 누나가 집에서 어떤 처지일지 아주 잘 알고 있었다.

"누나가 힘들어하지 않아요?"

"왜 아니겠어요? 우리 부모님은 누나를 가축처럼 여겨요."

"그게 무슨 소리예요?"

"어서 결혼해서 애 낳으라고 얼마나 성화를 해 대시는지 몰라요."

그는 9월부터 연주 공간을 갖게 된다. 정릉에 있는 프란체스코 회관, 그곳 1층에 있는 찻집에서 매달 두 차례씩 무대에 서게 된다고 한다. 처음으로 갖게 되는 그만의 무대다.

나는 그에게 말했다.

"그곳에 자네의 모든 것을 쏟아붓게나."

2

노가 음악이라면 나는 자연농법이다. 노에게 어느 날 음악이 온 것처럼 내게는 자연농법이 왔다. 음악이 노를 사로잡았던 것처럼 자연농법이 나를 사로잡았다. 나는 스물여덟에 자연농법을 만났고, 서너 해 뒤인 서른둘에 논밭이 있는 산속의 집을 구하여 자연농법의 실천에 뛰어들었다. 그 사이에, 그러니까 스물여덟과 서른둘 사이에 나는 단독 주택을 세내어 공동생활을 하던 한 일본인 유학생과 나를 사로잡은 '자연농법'을 우리글로 옮겼다. 그 원고는 내가 산속으로 거처를 옮긴 해인 1988년 12월에 《생명의 농업과 대자연의 도》라는 이름으로 출간됐다.

그해로부터 어느새 25년이 넘었다. 그 25년의 세월을 증거로 나는 노에게 이런 말을 할 수 있다.

"그대를 찾아온 음악에 감사하라. 그것은 축복이다."

물론 음악은 공무원 시험 합격 통지서처럼 우리의 생활을 책임져 주지 않는다. 이해하고 응원해 주는 사람을 얻기 어려울지도 모른다. 아버지는 '취미로는 몰라도 생업으로는 안 된다'고 못을 박으리라. 어머니는 '네가 아직 어려서, 세상 물정을 몰라서 그런다'고 세상이 무너진 것처럼 걱정을 할지도 모른다.

나는 집이 한 채밖에 없는 깊은 산골에서 시작했다. 그곳으로 어머니는 돼지고기를 사서 들고 날 보러 왔다. 마루가 있는 집이었다. 하지만 어머니는 그 마루에 앉지 않았다. 작은 마당에 서서 집과 주변을 둘러보고, 어머니는 돌아섰다. 가져온 돼지고기를 마루에 던져 놓고 돌아섰다. 잡아도 듣지 않았다. 어머니에게는 그곳의 맑은 공기도 고요도 보이지 않는가 보았다. 자연농법을 이해하기는 더욱 어려웠다. 나도 그 당시는 그걸 알아듣게 설명할 능력을 갖추지 못하고 있었다. 어머니는 그렇게 이백 리 길을 돼지고기 하나를 전해 주러 온 사람처럼 돼지고기만 던져 놓고 돌아섰다.

노는, 그의 말에 따르면, 6년 동안 기타를 안고 다녔다. 잘 때도 안고 잤다. 크게 왔다는 증거다. 그렇다면 어쩔 수 없다. 벗어날 수가 없다. 그래서 노에게 하고 싶은 두 번째 말은 이 것이다.

"그것이 그대의 길이다. 그대의 전 생애를 음악에 바쳐라."

나는 그렇게 하지 못했다. 좌충우돌했다. 돌아보면 그때 나는 내게 온 그것에 최선을 다했어야 했다. 그 일에 미친 것처럼 몰두했어야 했다. 그렇게 10년을 살았어야 했다.

10년간 몰두했다면 자연농법이라는 내 꿈을 나는 벌써 논밭에서 구현해 낼 수 있었으리라. 그렇게 말할 수 있는 이유는 지금 사는 이곳으로 거처를 옮긴 뒤 그 경험을 하고 있기 때문이다. 이곳에서 나는 올해 6년째 자연농법으로 논밭 농사를 하고 있는데, 밭에서는 2~3년 전부터, 논에서는 6년째인 올해 처음으로 내가 그토록 바라던 결과를 얻었다.

달리 길이 없다. 강하게 사로잡힌 것에서는 벗어날 수 없다. 그것이 자신의 길이다. 어려움을 이기고 걸어가야 한다.

늦게 핀 꽃

1

700년 된 연 씨앗에서 싹이 텄고, 마침내 연꽃이 피었다!

경상남도 함안군에서 전하는 믿기 어려운 소식이었다. 씨앗은 국립가야문화재연구소가 사적 67호인 함안군 함안면 괴산리 성산산성 14차 발굴 과정에서 찾아냈다. 옛 연못으로 추정되는 지하 사오 미터의 땅속에서 발굴된 씨앗은 모두 10개였다.

한국지질자원연구원의 탄소 연대 측정 결과에 따르면 700년 전의 연 씨였다. 그것을 함안군에서는 함안박물관과 함안농업기술센터에 나눠 심었다. 그중 3개에서 싹이 텄고, 그 셋

중 하나에서 꽃이 피었다는 소식이었다.

700년 만에 핀 연꽃은 연분홍 색깔의 홍련으로 오늘날의 홍련과 달리 꽃잎 수가 적고 길이가 긴 것이 특징이라고 함안군은 전했다. 옛날에 함안군이 아라가야의 본고장이었다는 데서 함안군은 이 연을 '아라홍련'이라 이름 붙이고, 함안군의 명물로 널리 가꿔 갈 계획이라고 했다.

700년 전이라면 고려 시대다. 시대야 어찌 되었든 700년이나 죽지 않고 땅속에서 살아남을 수 있었다는 사실이 놀랍다. 그 긴 시간을 언젠가 빛을 볼 날을 기다리며 살아 있었다니! 매몰된 연못 속에서!

2

2011년도 국제신문 신춘문예 동화 부문 당선자는 최모림이었다. 그가 쓴 당선 소감은 독특했다. 신춘문예 당선작만을 모아 엮어 낸 책에서 읽었다.

언제나 일은 밥상머리에서 벌어졌습니다.

"도대체 뭐가 돌라꼬 이라노?"

밥을 한 술 입에 떠 넣자마자 어머니의 잔소리가 시

작됐습니다.

"넘들은 다 학교에서 책 펴 놓고 공부하고 있을 시간에 허구한 날 방구석에 처박히서……."

그 소리가 들릴 때마다 나는 깍두기를 입 속으로 가져갔습니다. 그리고 일부러 '우기적우기적' 소리가 나게 씹었습니다.

"옴마는 머시 걱정이요? 나 말고도 어느 세상에 내놔도 한 군데 빠질 기 없는 아들이 셋이나 있는데."

그 말 끝에 아버지는 어김없이 들고 있던 숟가락을 밥상 위로 집어던졌습니다. 집어던진 숟가락은 매번 계산이라도 한 듯이 정확하게 미간 사이를 맞췄습니다. 그때마다 하얀 밥이 파랗게 멍든 것처럼 보였습니다. 아직도 통영에 계신 어머니와 아버지에게는 당선 소식을 전하지 못했습니다. 어머니 입에서 나올 말이 빤하기 때문입니다.

"그라모 인자 밥은 묵고 살게 되는 기가?"

그 말에 '그래도 꿈은 될 낍니다.'라는 대답은 아무래도 어머니의 걱정을 덜지 못할 것 같습니다.

대답을 찾을 때까지 어머니에게는 당선 소식을 알리지 않을 생각입니다.

나는 이 글을 노트에 옮겨 적었다. 가끔 꺼내 읽어 보고 싶었기 때문이었다. 나는 왠지 이 글이 마음에 들었다. 최모림은 좋은 동화를 쓸 것 같았다. 이름을 기억해 뒀다가 그가 쓴 책을 구해 읽어 보고 싶었다.

3

고인이 된 한 시인이 있다. 그는 열다섯에 아버지를 잃고 어머니와 함께 화장품 가게를 하며 집안의 생계를 책임졌다. 그가 어려서부터의 꿈인 시 짓기를 다시 시작한 것은 자녀를 다 키운 그의 나이 예순을 넘기고부터였다. 다행히 그는 구십이 넘게 살며 젊어서 얻지 못했던 시를 위한 시간을 나이 들어 얻었다. 그는 불교 신자였고, 그는 자신의 신앙 체험을 시로 표현했다.

오랜 세월 불이 나게
발버둥을 쳤지만
이제는
흐르는 대로

〈흐름에 합장〉이라는 제목의 시다.

아내와 둘이
작은 장사를 하고 있는데
아내는 이 작은 장사를
작다 여기지 않고
정성을 쏟는다

〈아내〉라는 제목의 시다.

날마다 만나는
특별할 것 없는
보통 사람에게
아무도 몰래
절을 하는
그런 사람이 되고 싶다

〈절〉이라는 제목의 시다.

700년 만에 핀 저 아라홍련의 꽃처럼 씨앗이 있어도, 다시
말해 뜻이 있어도 상황이 허락이 안 되는 경우가 인생살이에

는 있다. 그래도 뜻을 버리지 말기를 나는 나에게 말하고 싶다. 어떤 인연이 우리를 기다리고 있는지 알 수 없기 때문이다. 작은 씨앗도 700년을 기다렸다. 늦게 피는 꽃이 있는 것처럼 늦게 이루는 사람도 있는 법이다.

나는 스물여덟에 '자연농법'을 만났다. 한눈에 크게 반한 나머지 그 뒤로 나는 다른 길을 걸을 수 없었다. 나는 나를 자연농법으로 이끈 책을 그때 함께 살고 있던 일본 유학생과 우리말로 옮겨 《생명의 농업》(앞서 밝혔듯, 출간 당시의 제목은 '생명의 농업과 대자연의 도'였다)이란 이름으로 출판하고, 시골로 왔다. 서른둘이었던 1988년의 일이다.

자연농법의 완성! 그것이 내 인생의 목표였다. 하지만 그것을 이룬 것은 60이 거의 다 된 2014년이었다. 그 해 논과 밭 양쪽에서 '이만 하면 됐다!' 싶은 결과가 나왔다. 성공의 원년이라 할 만했다. 늦었지만 기뻤다. 손가락을 꼽아 보니 30년 만이었다.

남들이 가지 않는 길

1

백두산을 중심으로 위로는 장백산백과 함경산맥이 뻗어 올라 시호테알린 산맥으로 길게 이어지고, 남으로는 백두대간이 한반도의 남쪽 끝에 있는 소백산맥까지 이어진다. 이 거대한 산맥을 터전으로 호랑이 중에는 지구에서 가장 덩치가 크다는 시베리아 호랑이가 산다. 이 호랑이를 만주에서는 만주 호랑이, 연해주에서는 우수리 호랑이, 한국에서는 한국 호랑이라고 부른다고 한다.

《시베리아의 위대한 영혼》이란 책은 '블러디 메리'라 하는 한 암컷 호랑이의 가족을 3대에 걸쳐 추적, 관찰한 기록이다.

블러디 메리가 1대라면 그녀의 자식 월백, 설백, 천지백은 2대다. 월백과 설백은 암컷이고, 천지백은 수컷이다. 천지백은 밀렵용 쇠줄에 목이 걸려 죽지만 월백과 설백은 무사하게 자라 각기 자식 둘씩을 둔다. 사라지는 숲, 밀렵꾼, 숲의 흉년 등으로 월백과 설백은 자식 키우기가 쉽지 않다. 설백은 자식 둘을 모두 잃는데, 그 사연이 끔찍하다.

설백의 나라에 흉년이 든 해였다. 초식동물들은 먹을거리를 찾아 다른 지역으로 떠났다. 그 결과 설백과 그녀의 어린 두 자식도 굶주림에 시달려야 했다. 설백은 어느 날 민가에 내려가 개를 물어 왔고, 작은 개 한 마리는 두 자식의 배를 채우기에는 부족했다. 서로 먹으려고 다투다가 오빠가 여동생을 물어 죽였고, 거기서 그치지 않고 오빠는 여동생의 내장과 발 하나를 먹었다. 오빠는 그 싸움에서 발 하나를 다쳤고, 절름발이로 살다가 얼마 뒤 차에 치어 죽었다. 1대인 블러디 메리 또한 무인총을 맞고 죽었다.

다행히 지은이가 관찰을 마칠 때까지는 월백의 두 자식만은 잘 자라고 있었지만 그들의 미래는 안타깝게도 밝지 않다. 밀엽이 끊이지 않는 것도 골치 아픈 일이지만 그보다도 지구 어디나 그런 것처럼 해마다 줄어드는 숲, 그것이 연해주에서도 가장 큰 문제다. 해마다 월백의 영토 또한 줄어들고 있는 것이고, 그것은 그만큼 월백의 처지 또한 어려워진다는 뜻이다.

2

시간이 남아 우연히 들른 한 갤러리에서였다. 그룹전이었다. 여러 그림 중에 하나가 눈에 들어왔다.

호랑이 그림이었다. 얼굴은 호랑이가 분명한데, 몸은 어떻게 보면 털이고 어떻게 보면 숲 혹은 산과 같았다.

육안으로는 산은 산이고 호랑이는 호랑이다. 하지만 마음의 눈으로 보면 산과 숲은 호랑이의 몸이다. 거대한 산맥과 숲이 있어야 호랑이 한 마리가 살 수 있다. 그것이 지금 남한에 호랑이가 없는 까닭이다. 38선이 막히며 남한은 거대한 산맥을 잃었다. 호랑이가 살 수 있는 크기의 숲이 남한에는 없다.

화가는 어느 쪽일까? 나는 궁금해 화가를 찾았다. 그것이 털이 아니고 숲이나 산이라면 그 화가는 호랑이를 제대로 본 것이 되기 때문이었다. 나는 그렇게 생각했다.

하지만 화가는 내 질문에 이렇게 대답했다.

"털입니다. 야생성을 강조하기 위해 이렇게 표현했습니다."

그 화가는 산이 호랑이의 몸인 줄 몰랐다. 산의 나무와 풀이 곧 호랑이의 털인 줄 몰랐다.

연해주, 곧 우수리 원주민은 안다. 산이 호랑이의 몸인 줄 안다. 그들은 그런 눈을 갖고 있다.

세상은 어디나 비슷하다. 연해주, 곧 우수리에도 원주민이 있고, 그들은 미국 인디언들이나 뉴질랜드의 마오리, 일본의 아이누가 그랬던 것처럼 자연 앞에 겸손했다.

우수리 원주민은, 예를 들면 먹다 남은 물고기 머리와 뼈는 숲 속에, 밥이나 빵 부스러기는 강에 버렸다. 물에서 난 것은 숲에, 숲 혹은 땅에서 난 것은 물에 버렸다. 숲에서 난 것을 숲에, 물에서 난 것을 물에 버리면 안 된다. 그것은 물이나 숲에게 동족을 먹이는, 물이나 숲이 받아들이기 어려운, 고통을 주는 일이기 때문이다.

먹고 남은 물고기가 있어도 강물에 버리면 안 된다. 그러면 사람들이 필요 이상의 물고기를 잡은 것으로 알고 물고기의 우두머리가 크게 노하기 때문이다. 물고기의 우두머리인 수그자 아자니는 그 죄를 물어 사람들에게 주던 물고기를 거두어 간다. 사람들이 찾아가 앞으로 다시는 그런 일이 없도록 하겠다고 진심으로 빌어야 수그자 아자니는 노여움을 풀고 다시 물고기를 내어 준다.

실제로 우수리 원주민은 필요한 만큼만 잡고, 잡은 물고기는 알뜰하게 먹고, 남은 뼈마저 함부로 버리지 않는다. 말려두었다가 빻아서 쓴다.

물고기만이 아니다. 우수리 원주민은 나무를 베거나 짐승을 잡을 때도 살아가는 데 꼭 필요한 만큼만을 숲의 정령의 허락을 얻어 벤다. 새끼를 밴 짐승을 잡지 않고, 나무 열매를 주울 때도 욕심을 부리지 않는다. 그리고 그 모든 것에 감사한다.

우수리 원주민은 시베리아 호랑이를 신으로 숭배한다. 그들은 숲의 신을 '암바'라고 부르는데, 암바란 '제일 힘이 센 자'로 호랑이를 뜻한다. 우리는 산 혹은 숲의 신을 산신령이라고 하고, 산신령은 곧 호랑이를 말한다. 그때, 그러니까 호랑이를 산신령이라고 하던 때는 남한에도 호랑이가 있었다.

3

호랑이 추적에는 두 가지 방법이 있다. 잠복과 이동. 이 책의 저자는 그 두 가지를 다 이용했다. 일 년 중 반은 추적, 곧 호랑이를 따라다니며 보았고, 반은 잠복 상태로 관찰했다.

잠복은 어떻게 하나? 땅속에 움막을 짓는다. 한 사람이 눕고 앉을 수 있을 뿐인 작은 움막을 짓는다. 그 움막에서 겨울잠이 든 곰처럼 산다. 똥오줌도 그곳에서 해결해야 하고, 밥도 그곳에서 먹는다. 바깥출입은 일절 금지다. 소리를 내서도 안 되고, 전기불도 밝힐 수 없다.

호랑이는 낙엽과 나뭇가지 따위를 이용해 눈에 띄지 않게 설치한 무인 카메라를 찾아낼 만큼 영리하다. 청각만이 아니라 취각도 매우 뛰어나다. 그래서 냄새나는 음식은 일절 못 먹는다. 똥은 종이에 싼 뒤 밀봉 팩을 삼중으로 써서 냄새의 유출을 철저히 막아야 한다. 조금이라도 사람 냄새가 나면 끝이다.

추적 조사를 하다 보면 지근거리까지 호랑이에 접근할 때가 있다. 호랑이가 사냥을 해서 그 사냥감을 먹는 걸 보는 일도 있다. 그럴 때 이 책의 저자인 박수용은 모르는 척하고 지나간다. 일부러 떠들썩하게 소리를 내며. 그렇게 해서 호랑이가 마음 편히 식사를 할 수 있도록 한다.

그런 배려가 필요하다고 하며 그는 두 가지 예를 든다.

어느 절의 향나무에 어치가 둥지를 틀었을 때였다. 그 절 스님이 궁금해서 둥지 안을 들여다보다 알을 품고 있는 어치 어미와 눈이 딱 마주쳤다. 스님은 그때 남의 안방을 들여다본 것처럼 미안했다. 그 뒤로 그 스님은 그 나무 곁을 지나갈

때도 모르는 척했다. 그 덕분인지 어치는 무사히 새끼를 쳐서 나갔다.

박수용의 친구네 집 정원에는 물까치가 둥지를 틀었다. 친구는 그 모습이 예쁘고 신기해서 스님과 달리 지나다닐 때마다 들여다보았다. 얼마 뒤 물까치는 둥지와 알을 버리고 떠났다.

이런 일화를 소개하고 박수용은 이렇게 말한다.

"자연은 눈으로 다 볼 수도 없고, 다 보아야 할 필요도 없다. 스님이 어치 새끼를 보지 않고도 잘 크려니 믿는 것, 우리가 하는 행동 하나하나를 호랑이가 보고 있다는 것을 믿고 자제하는 것, 눈으로 보지 않아도 믿는 이런 마음이 중요하다. 스님이 어치에게 무심하면 어치도 스님에게 무심해지고, 우리가 호랑이에게 무심하면 호랑이도 우리에게 무심해진다."

잠복 조사 때는 믿음을 갖고 기다리는 마음이 필요하다고 한다. 박수용은 부엉이를 예로 들었다. 숲속을 걷다 보면 부엉이가 먹고 뱉은 펠릿, 육식성 조류인 부엉이가 쥐나 새 따위를 잡아먹고 소화가 안 되는 털이나 뼈를 뭉쳐서 뱉은 펠릿이 눈에 뜨일 때가 있다. 그것은 바로 위 나뭇가지에 부엉이가 앉아 있다는 뜻이다. 부엉이는 모든 것을 내려다보고 있을 것이다. 그때 박수용은 올려다보지 않고 부엉이가 거기 있다는 걸 마음으로 믿고 그냥 지나간다.

그것을 박수용은 이렇게 말한다.

"숲은 일어날 수도 있었던 작은 파문 대신 평화를 유지한다. 실체를 보지 않아도 그 자취만으로 믿는 것, 이런 것이 자연에 대한 믿음이다."

기온이 영하 30도까지 떨어졌다. 움막 바깥으로 나갈 수 없다. 하루 이틀이 아니다. 6개월을 그렇게 지내야 한다.

남이 시켜서는 못한다. 자기 스스로 하고 싶어야 미치지 않고 살아 돌아올 수 있다. 이 책을 쓴 박수용은 1995년부터 20년 가까이 시베리아 호랑이를 쫓아다녔다. 계산을 해 보니 그의 나이 31살 무렵부터였다. 그것은 곧 30대와 40대를 호랑이에 미쳐 살았다는 뜻이었다.

그는 거창고등학교 출신이다. 거창고등학교는 '직업 선택의 10가지 계율'로 유명한 학교다. 박수용이 따른 것은 그 가운데 다음 세 가지였을 것 같다.

다섯, 사람들이 앞을 다투어 모여드는 곳은 절대로 가지 마라. 아무도 가지 않는 곳으로 가라.
여덟, 한가운데가 아니라 가장자리로 가라.
아홉, 부모나 아내나 약혼자가 결사적으로 반대하는 곳이면 틀림없다. 의심치 말고 가라.

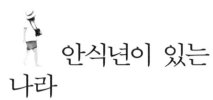

안식년이 있는 나라

1

몇 번 우리 집에 왔던 사람이다. 톱질을 좋아해 나는 그녀에게 '톱만 보면 못 참아'라는 인디언식 이름을 지어 주고 그렇게 부른다.

호우주의보가 발령되는 바람에 오겠다던 약속을 취소해야 했던 '톱만 보면 못 참아'가 다시 날을 잡아 우리 집에 온 날은 얄궂게도 폭염주의보가 내린 칠월 말의 어느 날이었다. 시골인데도 수은주가 30도 이상 올라가니 가만히 있어도 땀이 줄줄 흘렀다.

"여기는 그래도 시원한데요!"

도시에 살기 때문이리라. 대도시의 살인적인 더위 속에서 몸을 단련한 덕분이리라.

반올림을 하면 50인데 '톱만 보면 못 참아'는 동안이라 30 대 후반으로밖에 안 보인다. 착하고 귀여운 인상 덕분이다. '별로 생각이 없고', '아무도 가져가지를 않아' 고양이 두 마리를 데리고 혼자 산다. 만화를 그리지만, 자기 이름으로 만화책을 낸다거나 신문 잡지에 만화를 그리는 사람은 아니다. 만화영화 같은 큰 작업을 하는 회사에서는 여러 명이 팀을 이뤄 일을 하는데, '톱만 보면 못 참아'는 그곳의 일원으로 일하고 있다.

"제 인생에 안식년을 주려고요."

이삼 년 전부터 '톱만 보면 못 참아'는 부쩍 그런 생각이 들었다. 쉬고 싶었다. 주말과 공휴일이 있었지만 그것만으로는 부족했다. 법정 공휴일은 '톱만 보면 못 참아'의 영혼에 만족을 주지 못했다. 그보다 더 긴 '일 없는 시간'이 필요했다.

새 출발을 하고 싶었다. 그러자면 새로운 경험이, 깨우침이, 계기가 '톱만 보면 못 참아'에게 필요했다. 여행이 그것을 가져다줄 것 같았다. 일 년이나 이 년, 혹은 삼 년쯤 모든 것을 놓고 여행을 다니면 그 여행이 자신에게 새로운 삶을 마련해 줄 것 같았다. 혹은 새로운 삶을 살 지혜나 용기를 줄 것 같았다.

그러나 그 전에 필요한 것이 있었는데, 그것은 망설이는 자신을 여행을 향해 떠밀 어떤 일이나 사람이었다. 이것이 '톱만 보면 못 참아'가 나를 찾아온 이유였다.

2

'톱만 보면 못 참아'는 30대를 이유 없는 허무감 속에서 보냈다. 하루하루 산다는 게 너무 힘들었다. 재미가 하나도 없었다. 직장에서 하루 일을 마칠 때가 되면 목덜미가 참기 어려울 만큼 아팠다. 늘 우울했다. 그런 '톱만 보면 못 참아'를 구원한 것은 《지구별 여행자》라는 책이었다.

"처음에는 동화책 제목 같아 별로다 싶었는데, 어느 순간 '그래, 나는 지구별 여행자다! 그걸 왜 여태껏 몰랐나!'라고 무릎을 치게 되더라고요. 저로서는 큰 깨우침을 얻은 거예요. 그래, 나는 이 별에 어디선가 여행자로 왔다. 이렇게 내가 여행자인 것을 알고 나니 갑자기 모든 게 달리 보였어요. 그때까지 무겁던 것이 가벼워졌어요."

그 뒤로 '톱만 보면 못 참아'는 여행 마니아가 됐다. 왜냐하면 자신은 이 별로 여행을 온 여행자이므로.

'톱만 보면 못 참아'와 우리는 그런 이야기를 나누며 시냇물에 발을 담갔고, 밤이 깊도록 밤하늘의 별을 보았다. 모처럼 보는 은하수였다.

이 작은 여행자를 내 마을도 나처럼 반겼을까, 한여름이었는데도 모기 하나 덤비지 않았다. 신기한 일이었다.

다음 날 점심을 먹고 '톱만 보면 못 참아'는 걸어서 떠났다. 시오 리 길을 걸어서 갔다. 차로 데려다 주겠다는 우리의 제안을 뿌리치고 시외버스를 탈 수 있는 우리 면 면소재지까지 십 리가 넘는 길을 굳이 걸어서 갔다. 나는 떠나는 '톱만 보면 못 참아'의 등을 향해 이렇게 기도했다.

"떠나세요. 지금처럼 떠나면 돼요. 어려울 것 없어요."

물론 안다. 처음에는 어렵다. 준비할 것도 많고, 마음에 걸리는 것도 많다. 처음에는 어쩔 수 없다. 시간이 들어간다. 비용 지출도 제법 크다. 하지만 한 번이다. 한 차례 도전하여 성공하면 그 뒤에는 쉬워진다.

나는 여행을 많이 한 편이다. 한 달, 혹은 40일이 넘게 집을 떠나 지냈던 적이 한두 번이 아니다. 그중 최고는 역시 순례였다. 시코쿠 오헨로 미치! 일본 사람들이 일생에 한 번은 걸어 보고 싶어 하는 길. 그 천이백 킬로미터, 삼천 리를 나는 56일에 걸쳐 걸었다. 그런 경험 위에서 나는 여행에 관해 이렇게 생각한다.

첫째, 해야 할 일에 여행을 꼭 넣어야 한다. 왕 필수다. 우리에게는 독서나 명상과 같은 좌학 座學도 필요하지만 보고 배우는 견학 見學의 시간도 필요하다. 여행이란 달리 말하면 집 떠나기다. 그런 시간이 필요하다. 왜냐하면 집에서 보는 집과 집 바깥에서 보는 집은 다르기 때문이다. 여행은 집을 멀리서 보게 해줌으로써 집과, 집안의 사람들, 집에서의 일들을 새롭게 보게 해 준다. 아울러 남의 삶이, 다른 지방의 삶이 나와 내 삶의 거울이 된다. 그런 걸 통해서 우리의 눈은 높고 깊어진다.

둘째, 가방은 되도록 가볍게 꾸려야 한다. 줄이는 기술을 배워야 한다. 초보자는 많이 가져가고, 경험자는 적게 가져간다. 사람들이 보고 놀랄 정도로 줄여야 한다. "이게 다입니까?"

물건이 적을수록 여행이 즐겁다. 그렇다. 우리는 물건 들고 다니러 여행을 가는 게 아니다.

셋째, 여행지에 관한 정보 습득이 필요하다. 인터넷과 관광 안내 책자를 뒤지고, 그쪽의 역사와 문화, 인물에 관한 책을 읽는 게 좋다. 겉만 핥지 않으려면 어쩔 수 없다.

"우째, 여기 사는 우리보다 더 많이 아능교?"

이 정도가 되면 좋다. 사실 어렵지 않다. 열에 일곱은 제가 사는 곳에 관한 공부를 게을리 하거나 전혀 하지 않으므로.

넷째, 지렁이가 되라. 낮은 자세로, 우러르는 자세로 처신하라는 거다. 학생의 자세라고 해도 좋다. 내 돈 내고 산다고 현지의 상인에게 거만하게 굴면 그 상인이 그대의 뒤통수에 침을 뱉는다는 걸 알아야 한다. 다시 안 올 거라는 생각에서 쓰레기를 버리고 오면 그대 조국이 욕을 먹는다.

"하여튼 한국 놈들, 시끄럽고, 더럽고, 자기밖에 모르고……."

우리처럼 남도 눈을 갖고 있다. 지렁이로 처신하면 매사가 원만하다. 나도 즐겁고, 상대방도 즐겁다. 뒤에 향기가 남는다.

3

2014년 4월 24일. 나는 그날, 우리 집을 찾아온 세 명의 젊은 이들과 함께 밭에 산짐승의 침입을 막는 망을 치고 있었다. 그 작업을 하며 들었다.

꿩꿩. 꿩꿩.

2박. 검은등뻐꾸기였다. 그해 들어 처음 듣는 검은등뻐꾸기의 노래였다.

검은등뻐꾸기는 여름 철새다. 봄에 와서 가을까지 머물다가 어디론가 떠난다. 그러므로 늦가을에서 초봄까지는 그들의 노랫소리를 들을 수 없다. 해마다 같다. 다시 봄이 오고, 어느 날인가 검은등뻐꾸기 소리를 듣게 되는데, 대개 일정하다. 같은 날 돌아오고, 어긋나도 하루나 이틀인데 그것도 확실치 않다. 돌아오고도 하루쯤 쉬느라 노래하지 않을 수도 있을 것이고, 또 내가 못 들었을 수도 있기 때문이다.

그 세 젊은이들은 우리 집에서 1박 2일을 지내고 갔다. 가끔씩 오는 젊은이들이다. 앞으로도 올 것이다. 이번에도 다음에 올 날짜까지 정하고 갔다. 셋 중의 하나는 검은등뻐꾸기처럼 노래를 한다. 무명이지만 연주자이자 가수로 활동을 한다. 이번에도 그의 신곡을 들었다.

검은등뻐꾸기와 젊은이들! 그들은 여행자고, 나는 여행지의 사람이다. 그들은 견학이고, 나는 좌학이다.

검은등뻐꾸기는 인류보다 자유롭고 평화롭게 살아간다. 자유와 평화에 관한 한 우리는 그들에게 배워야 한다. 물질문명의 홍수 속에서 그 둘을 잃어버리고 있는 우리는.

또한 나이가 자기보다 어리더라도 귀 기울일 수 있다면 우리는 젊은이들에게서도 많은 것을 배울 수 있다. 좌학은 호기심과 함께 겸손에서 비롯된다.

 나를
살라

1

황새는 날아서

말은 뛰어서

거북이는 걸어서

달팽이는 기어서

굼벵이는 굴렀는데

한 날 한 시

새해 첫날에 도착했다

바위는 앉은 채로 도착해 있었다

아는 형님이 1월 9일에 새해 인사를 대신하여 핸드폰으로 보내온 문자다. 누구의 시일까? 내가 아는 한 그 형님은 시를 쓰지 않는다.

그것이야 어찌 됐든 좋은 시였다. '아, 그렇구나!' 하고 깨우침을 주는.

2

그날 오후에는 KBS 제1라디오에서 내 책《시코쿠를 걷다》인터뷰가 있었다. 질문은 세 가지였다.

1. 어떻게 여행/순례를 떠나게 됐는가? 그 동기는 무엇인가?
2. 어떤 내용의 책인가? 두 가지만 소개해 달라.
3. 청취자들에게 전하고 싶은 메시지가 있다면?

이 세 가지 가운데 마지막 질문에 나는 이렇게 대답했다.

"사람들은 시코쿠를 자동차, 자전거 그리고 걷기의 세 가지 방법으로 순례합니다. 그 가운데 저는 걷기를 택했는데, 그때는 길가로 걷는 게 좋습니다. 첫째로 그것이 안전하기 때문입니다. 둘째로는 그렇게 하면 그 길의 품격이 올라가기 때문입니다.

길 가운데가 아니라 가로 걷기란 조심스럽고 겸손한 자세로 걷는다는 뜻입니다. 그런데 그런 자세를 취하기만 하면 우리는 언제 어디서나, 그것이 순례지가 아니라 우리들의 일상 생활의 공간이라고 하더라도 그 길을 소중하게 만들고, 가치를 높이게 됩니다. 그러므로 우리는 어디서나 언제나 순례를 할 수 있는 것입니다."

《시코쿠를 걷다》맨 앞에 나오기도 하는 이 말은 나날의 삶이라는 내 정주 여행의 질을 결정짓는 나의 금언이다.

길만이 아니다. 어떤 사람을 만나든, 무슨 일에서나 나는 그런 자세를 잃지 말아야 한다고 다짐을 하고 있다.

3

그 인터뷰 뒤에는 오래 미뤄 온 내 작업실 방문에 비닐을 설치하는 작업을 했다. 내 작업실에는 문이 많다. 작은 방에 창호지로 된 큰 문이 네 개나 된다. 벽도 얇다. 그 탓에 물이 얼 만큼 방 안 온도가 낮다.

비닐은 있는 것을 썼고, 못과 쫄대는 철물점에 가서 사 왔다. 못 1천 원, 쫄대 1천 원, 합쳐서 2천 원이 들었다. 작년에 썼던 것 중에서 재활용할 수 있는 것들을 보관해 둔 덕분에 쫄대 비용을 줄일 수 있었다.

작업은 간단했다. 크기에 맞춰 비닐을 자른 뒤 쫄대를 대고 못을 박으면 됐다. 이때 쫄대를 비닐로 여러 겹 감는 게 좋다. 그것이 비닐과 문 사이의 틈을 줄여 주고, 못을 박을 때 쫄대가 망가지는 걸 보호해 주기 때문이다. 못을 박을 때는 작은 크기로 오린 마분지를 대고 박는다. 마분지를 대지 않으면 겨울바람이 비닐을 못에서 빼낼 수도 있기 때문이다.

아내의 도움을 받아 가며 일을 모두 마치고 나니 해가 서산으로 넘어가고 있었고, 그 위로 초엿새 달이 곱게 떠 있었다. 나는 그 달을 향해 합장하고 절했는데, 그때 문득 아침 무렵에 받은 문자 메시지가 떠올랐다.

황새, 말, 거북이, 굼벵이 가운데 나는 어디에 해당할까? 어느 것이 됐든 나는 내 길을 가면 됐다. 그 길을 성실하게 가면 됐다. 그것이 가장 좋다. 그렇게 하늘의 초승달은 내게 말했다.

뒷정리를 마치고 나니 땅거미가 지고 있었다. 기온이 뚝뚝 떨어졌다. 다음 날은, 일기 예보에 따르면 다시 기온이 떨어져 영하 17도가 된다고 했다. 그렇다면 우리 마을은 영하 20

도 내외일 게 빤하다. 우리 마을은 늘 일기 예보보다 이삼
도 낮기 때문이다. 몇 도가 되든 나는 그 방에서 겨울을 나
야 했다. 그것이 나의 길이었다. 옷을 잔뜩 입고, 손이 시리면
엉덩이 아래 넣어 녹이며.

 시를
써라

1

아침이었다. 딩동댕. 스마트폰에서 나는 소리였다. 우편배달
을 하는 분이었다. 오늘 중으로 소포를 배달하겠다는 내용의
문자였다.

누굴까? 도무지 짐작이 가는 곳이 없었다.

그 소포는 점심때가 조금 지나 도착했다. 가끔 소식을 주
고받고 있는 남자였다. 나보다 열 살쯤 어렸다. 전라도의 어느
산골에 산다. 30대에 만났다. 20년 지기다. 그래도 멀리 사는
탓에 몇 번 못 만났다. 그는 가끔 문자를 보내온다. 거기에
썼다. 편지를 쓰겠다고. 하지만 그는 문자를 보내왔다. 나도

문자를 보냈다. 흥이 나면 엽서를 썼다. 가끔 엽서를 썼다. 그 답이었다.

소포는 얇았다. 안내장인가? 시였다. 모두 아홉 장이었다. 그중에 한 장은 편지고, 여덟 장은 시였다. 그중에 한 수를 골라본다. '비비비비비비'라는 제목이다.

오늘 같은 날에는 온갖 시름 빗물에 다 흘려보내 놓고서는 뜨끈뜨끈헌 아궁이 앞에서 구들방에서, 호박적 깻잎적 솔적 꼬치적 부침선 먹음선, 이쁜 각시랑 맛나게도 얌얌 냠냠 오순도순 뒹굴뒹굴 뒹굴어도 좋을 듯하네.

오늘 같은 날에는 오늘 같은 한낮에는 온갖 설움 또랑물에 다 흘려보내 놓고서는, 아궁이에 군불을 많이 많이 넣으고서는 뜨끈뜨끈헌 아랫목에서 풀 멕인 지도 함참이나 오래된, 후줄근혀진 삼베이불 우에서 이쁜 각시랑 홀딱 호올딱, 깨벗고서 깨벗고서는 오순도순 둥글둥글 둥글어도 좋을 듯 하였었었네.

그는 말했다. 딱 한 번 내게 말했다.

"시를 쓰고 싶어요."

그는 말수가 적다. 그래서 한 번 듣고도 잊지 않고 있다.

가끔 오는 소식 속에, 하지만 시는 없었다. 아이 낳았어요. 엄마 집에 가요. 술 마시고 있어요. 아이 엄마와 싸웠어요. 또 아이 낳았어요. 취직했어요. 술 마시고 있어요. 이대로 이렇게 살아야 하나요? 교회에서 교우들과 점심 먹어요. 당신은 아프지 않으요?

그렇게 짧은 문자를 보내왔다. 저 위의 시처럼 사투리로 문자를 보내왔다. 그중에는 '술'이 가장 많이 나왔다. '시'는 한 번도 보이지 않았다.

2

그는 어느 국립 재활센터의 세차장에서 일한다. 사무 일이 아니다. 말 그대로 세차, 곧 차를 닦는다. 힘들지 않아요. 장애자들만 오는 곳이라서 차가 많지 않아요. 좋은 데 취직했네? 고맙죠.

그런데도 그는 술을 마셨다. '시' 때문이 아닐까? 나는 그렇게 생각했다. 다른 누가 아니다. 시가 그에게 술을 마시게 한다. 그렇게 나는 생각됐다.

내가 보기에, 그는 남장한 여자다. 신의 실수다. 속은 여자로 만들어 놓고 남자 옷을 입히다니.

여자가 남자로 살기는 어렵다. 시달릴 것이다. 내키지 않는 일이 한둘이 아닐 것이다. 그것이 그가 시골로 간 이유 아닐까? 물론 내 생각이다.

그에게는, 속이, 영혼이 여자인 그에게는 '시'가 교회다. 섬이다. 구원처다. 그에게는 그런 곳이 필요하다.

나는 답으로 엽서를 썼다.

말하자면 묶지 않은 자네 시집 잘 받았네. 잘 읽어
보았네. 사투리, 곧 제 지방의 입말을 그대로 살린
시더군.
바다(내 아내의 닉네임)는 영어 공부를 하네. 벌써 서너
해째. 그걸로 취직을 해 보겠다거나 돈을 벌어 보겠
다고 그러는 게 아니고 삶의 질을 위해서라네. 근처
초등학교에서 방과 후 도우미로 아르바이트를 하며
영어 공부를 하네. 그 일은 좀 폼 나게 말하면 자기
개발 혹은 자기 치유를 위한 투자지.
전에도 언젠가 말했던 것 같은데, 자네 말이지, 시에
자네 마음을 다 줘 버리는 게 어떻겠나? 돈이나 명

예, 이름 따윈 일절 바라지 말고 그냥 좋아만 하는
거지. 죽어라 시에 덤벼들어 보는 거지. 얼마나 살겠
나. 그런 거라도 있어야지.

그에게는 일이 있다. 가장으로 책임이 있다. 매일 세차장에
가야 한다. 일을 마치면 피곤하다. 누워 쉬고 싶어진다. 가족
과 함께하는 시간도 가져야 한다. 인간관계에는 수많은 대소
사가 있고, 거기에 참석해야 한다. 책 한 권 읽을 새가 나지
않는다. 하물며 시랴. 거기에 바칠 시간이 없다. 얼마 안 되는
자투리 시간밖에 나지 않는다.

아니다. 시는 따로 그것을 위한 시간을 내지 않아도 된다.
차를 닦으며, 혹은 아내와 아이들과 이야기를 하면서도 쓸
수 있다. 시는 그 속에 들어 있다. 모든 것 속에 들어 있다.
출근 속에도 들어 있고, 아이들 신발 속에도 들어 있다. 집으
로 돌아오는 길에 올려다보는 하늘 속에도, 손님의 말 속에
도 들어 있다. 그걸 보거나 들으면 된다.

위에 소개한 시가 좋은 예다. 그의 어느 휴일 하루가 시가
되었다. 호박전이 시가 됐다. 따뜻한 방이 시가 됐다. 아내가
시가 됐다. 특별한 것 하나 없는 것들이다.

신이 그런 것처럼 시도 모든 것 속에 편재한다. 그러므로

시는 전문 시인의 전유물이 아니다.

우리의 나날은 잡다하다. 시는 그 잡다함 속에서 꽃 하나를 피워 내는 일과 같다. 언덕은, 길가는 꽃으로 아름다워진다. 시 또한 그와 같다. 나날은 시로 아름다워진다. 잡다한 일들이 시로 아름다워진다. 시로써 구원을 얻는다.

시는 짧다. 오랜 시간이 들지 않는다. 손님이 없는 틈만으로도 충분하다. 주머니 속에 넣어 둔 작은 노트에 얼른 적으면 된다. 잠깐 장갑을 벗으면 된다. 잠깐 멈춰 서면 된다.

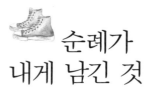 순례가
내게 남긴 것

1

일본에는 '시코쿠 오헨로 미치'라는 순례지가 있다. 시코쿠는
네 개의 현으로 이루어진 커다란 섬이다. 18,297평방킬로미
터로 1,848평방킬로미터인 제주도보다 열 배 정도 크다.

시코쿠에 있는 여든여덟 개의 사찰이 기준점이다. 그 여든
여덟 개의 사찰을 따라 돈다. 총 1,200킬로미터로, 3천 리다.
나는 그 길을 56일에 걸쳐 걸었고, 그 길에서 주운 보석을
《시코쿠를 걷다》라는 제목의 책에 담아 세상에 소개했다. 오
늘 나는 그 순례의 후일담을 하려고 한다.

나는 그 순례를 야영을 하며 했다. 여관이나 모텔이나 호

텔과 같은 유료 숙박소에 가지 않았다. 텐트를 치고 잤고, 무료 숙박소를 이용했다. 텐트를 이용한 야영이 가장 많았는데, 날씨가 안 좋은 날도 많았다. 비는 물론 바람, 소음, 불빛과 같은 것들이 편안한 잠을 방해했다. 추위가 특히 힘들었다. 좋은 텐트와 침낭을 가지고 있어도 방 안에서, 이불 속에서 자는 것만 못하다.

무료 숙박소 중에는 창고와 같은, 지붕과 벽뿐인 곳도 있다. 이불이 있지만 오래 빨지 않아 깔고 덮기 심히 꺼려지는 곳도 있다. 하지만 여러 날 한뎃잠을 자 본 순례자에게는 그곳이 고맙다. 무료 숙박소에 있는 방명록의 글들이 그것을 증명해 주고 있다.

> 지붕, 벽, 문, 방바닥, 이불…… 한뎃잠 순례를 하고부터 이런 것들이 무진장 고맙게 느껴졌습니다. 진심으로 감사합니다. _교토, 34세 남자

> 비 오는 날, 사막에서 오아시스를 만난 것 같았습니다. 감사합니다. _군마 현, 42세 남자

> 이슬을 막아 주는 지붕, 바람을 막아 주는 벽, 추위

를 막아 주는 이불…… 덕분에 푹 쉴 수 있었습니다. 여러 사람의 도움을 받으며 많은 것을 깨우치며 걷고 있습니다. _가고시마 현, 27세 남자

위도상 제주도보다 남쪽이라지만 내가 그 섬을 걸었던 3월의 밤 기온은 낮았다. 사방에서 몰려드는 냉기에 몸을 잔뜩 웅크리고 새우잠을 자야 했다. 특히 땅에서 올라오는 냉기가 심했다. 여벌의 옷을 방한용 매트 아래 깔고 자는 것도 그 냉기를 막아 보자는 노력이었다. 침낭 위로는 판초를 덮었다. 영하 10도까지 사용 가능하다는 침낭이었는데 그랬다.

추위가 어느 선을 넘어서면 잠을 이룰 수 없었다. 자다가도 깼다. 더 자 보려고 하지만 잠 속으로 다시 들어갈 수가 없었다. 그런 때는 어서 아침이 오기를 기다리는 수밖에 없다. 따뜻한 해가 뜨기를 바라는 수밖에 없다.

씻기 어려운 것도 야영의 어려움이다. 아예 물이 없는 곳도 있고, 있더라도 샤워 시설이 있는 곳은 야영장 정도였다. 물이 없는 곳에서는 땀으로 범벅이 된 몸을 씻지도 못하고 잤다. 몸을 씻기는커녕 마실 물조차 없어 고생을 해야 하는 곳도 있었다.

그 밖의, 딱딱한 바닥이라든가 작은 바람에도 펄럭이는 텐

트라든가 하는 불편이 있지만 그런 것쯤은 얘깃거리조차 안 된다. 어떤 날은 잠자리가 있다는 자체만으로도 말할 수 없이 고맙다. 텐트를 가졌어도 아무 데나 칠 수 있는 게 아니다. 텐트를 칠 수 있는 곳과 무료로 자고 갈 수 있는 숙박소는 적었고, 또 그런 것들이 바라는 곳에 있는 것도 아니었다. 어떤 곳은 너무 멀었고, 어떤 곳은 너무 가까웠다. 날은 점점 어두워지는데 텐트 칠 곳이 마땅치 않은 날에는 참 난감했다.

56일 동안 내게 온 잠자리는 참으로 다양했다. 젠콘야도^{善根宿}(시코쿠에서는 무료 숙박소를 이렇게 부른다), 무인역의 대합실, '미찌노 에키'라 부르는 공영 휴게소, 순례자를 위한 휴게소, 길가의 서낭당, 빈터, 버스 정류장, 캠프장, 사찰, 건물의 처마 밑, 바닷가, 주차장, 마을의 정자……

추위에 떨며, 곳에 따라서는 소음에 시달리는 하룻밤이었지만 떠날 때는 합장을 하고 절을 하게 됐다. 하룻밤의 잠자리, 그것이 얼마나 감사한 일인지 그것을 구걸해 보지 않은 사람은 모른다.

그렇게 걷는 사이 생긴 바람 하나가 있었다. 그것은 '한국에 돌아가면 나도 손님방 하나를 만들리라' 하는 것이었다.

그렇게 하고 싶었다.

방 하나 정갈하게 마련해 놓고, 손님이 오면 소찬이더라도 정성껏 지어 함께 먹고, 밤새 그이의 말에 귀 기울이는 시간 가져야지.

2

그렇게 했다.

　다행히 빈방이 하나 있었다. 나는 그 방의 물건을 정돈하고 천정의 거미줄을 걷어 냈다. 빗자루로 쓸고 걸레로 닦았다. 그 방에 딸린, 망가져 있던 아궁이도 며칠에 걸쳐 수리했다. 이불 커버도 사들였다. 마음 편히 대소변을 볼 수 있도록 재래식 화장실도 하나 지었다.

　그렇게 여행하는 신들이 쉬어 갈 방 하나를 만들었다.

　손님이 있는 날에는 방을 쓸고 닦는다거나 이불 커버를 세탁하거나 하지만 그렇게 하지 않을 때도 있다. 바쁠 때는 양해를 구하고, 그 일들을 손님에게 맡기기도 한다. 물론 편한 손님, 자주 오는 손님일 때 그렇다. 그런 손님은 이불을 널고, 난로를 방에 들이고 낸다. 미안하지 않느냐고? 미안하지 않다. 손님과 함께 가꿔 가는 방이라고 생각하기 때문이다.

　대신 나는 그 방의 난방을 위한 뗄감을 장만한다. 난로와 아궁이 양쪽에 들어가는 나무를 준비해야 하므로 양이 적지 않다. 손님들은 아궁이도 좋아하고, 난로도 좋아한다. 여성들은 방이 뜨겁기를 바란다.

"지지고 싶어요."라며 아궁이에 자꾸 나무를 던져 넣는다.

3

동학과 관련된 책을 주로 내는 출판사 대표와 대학 교수 한 분이 왔을 때 우리는 서로 맞절을 했다. 동학교도들은 만나면 악수 대신 절을 한다. 절도 고개만 숙이는 절이 아니라 큰절을 한다.

동학에서는 사람이 곧 하늘이라고 말한다. 그래서 사람을 만나면 그 사람을 하늘처럼 섬기라고 말한다.

만날 때마다 큰절을 했던 이는 내 생애에 장일순 한 사람이다. 그 사람은 사람을 만나면 누구하고나 큰절을 하는 줄로 나는 알고 있어서 갈 때마다 나는 큰절을 했다. 나보다 나이가 많은 장일순은 앉아서 내 큰절을 받았고, 앉아서 받되 자신도 허리를 납죽이 숙여 내 절을 받았다. 나만이 아니다. 그 시절에는 우리 집에 손님이 많았는데, 그들을 데리고 가면 그들도 함께 큰절을 했다. 일주일 만에 다시 가도, 사나흘 만에 다시 가도, 심지어는 하루 만에 가도 그렇게 했다.

그 영향으로 그 무렵에는 내 집에서도 손님이 있으면 그 손님과 큰절을 했다. 그때 나는 상대방이 연하라도 맞절을 했다.

지난날을 돌이켜 보면, 절을 하든 하지 않든 저 손님이 한울님이다 여길 때가 그 뒷맛이 가장 좋았다. 나이, 성별, 그 사람이 하는 일, 학력, 관심사와 같은 게 무엇이든 관계없이 저 사람이 한울님이다 할 때 그 사람과 함께 보낸 시간의 질이 올라갔다.

후나비키 유미가 쓴 《100년 전의 여자 아이 100年前の女の子》에는 이런 글이 나온다.

> 할머니는 거지를 거지라 하지 않고 손으로 보았고, 그 위에 '님'자까지 붙여 손님이라고 불렀다. 뭔가 이유가 있어 한울님이 몸을 바꿔서 우리 마을에 온 것일지도 모르니, 아무리 남루한 옷차림을 하고 있더라도 함부로 대해서는 안 된다, 그렇게 야스 할머니는 나를 가르쳤다. 내 할머니나 어머니도 그들을 손님이라고 불렀기 때문에 귀에 익은 말이었지만 한울님의 화신이라는 설명은 들은 적이 없었기 때문에 지나치지 않나 하는 생각이 들 정도였다.

지금은 완전히 사라졌지만 내가 어렸던 옛날에는 우리 마을에도 동냥을 다니는 거지가 있었고, 그 시절에는 스님들도 탁발을 하러 다녔다.

거지는 집이 없다. 있더라도 집다운 집이 아니다. 빈집이나 다리 아래 같은 데 천막을 치고 이름 그대로 거지처럼 산다. 입성이 형편없는 것은 두말할 필요가 없다. 해어지거나 때에 절어 있다. 주워 입었거나 얻어 입어 몸에 맞지 않았다. 머리카락은 엉클어져 있고, 얼굴은 더러웠다. 씻고 빗지 않은 탓이었다.

그런 사람이 한울님일지도 모른다고, 정성껏 대해야 한다고 야스 할머니는 손녀를 일깨웠다고 앞의 책은 말하고 있다. 마더 테레사는 그런 사람을 '변장한 예수'라고 했다.

뒷 사진은 우리 논 풍경입니다. 몇 년 전 사진입니다.
올해 모내기는 6월 6일과 7일 이틀간 했습니다.
모를 심고 물을 대니 논에 달과 해가 뜨고, 산 그림자가 놀러 옵니다. 논둑에 선 밤나무와 뽕나무도 자신의 몸을 비춰봅니다. 밤에는 개구리 소리로 요란합니다. 물을 좋아하는 풀, 곤충, 벌레들도 수도 없이 많이 살러오고 있습니다.
2015. 6. 14.
최 서현 拜

> "You can't fool nature. What you think is progress might bring about the opposite result..."
> Taichi Yamamoto, Chiba, Japan

food / earth / happiness
www.finalstraw.org

경기도 화성시
화성로 741-2444
전 석곤 님

4 4 5 - 8 6 1

만나서 반가웠습니다. 지금 쯤 위파사나 명상 중이시겠 군요.

11시 퇴실을 13시 30분으로 연장 한 솜씨는 대단했습니다. 덕분 에 마무리 시간을 충분히 가질 수 있었습니다. 혹시 지리산에 숨어 사는 전설의 '아부 왕'이 아 니신가요?

길 문제로 속 썩이는 그 분도 그 솜씨로 만나 보시면 어떨까 요? 만나서 대화를 나누다 보 면 길이 생길지도 모르잖습니까. 저는 대인 공포증이 있습니다. 다음에 만나면 아부기 기술을 배우고 싶습니다. 그 줄이 부족 하 여 살아가기가 참 힘드네요.
4347. 7. 15
개 구러 拜

제 작업실이 있는 집 뒤란에는 어머니가 심고 가
꾼 딸기밭이 있습니다. 두 평 가량 됩니다. 그 밭
의 딸기를 아내가 땄습니다. 어느새 초등학생이 된 지
된 늦둥이도 거들었습니다. 딸기잼을 만들 때는 지
도 동참했습니다.
완두콩 잘 먹었습니다. 어머니와 늦둥이가 깠습
니다. 밥에 넣어 먹었습니다. 완두콩밥! 보기가
참 좋더군요. 물론 맛도 좋았습니다. 멀리서 온 것
이라서, 두 분의 사랑이 담긴 것이라서 더욱 맛있
었습니다.
별 보며 나가 별 보며 들어오는 농번기가 모
내기를 마치며 지나갔습니다. 아직도 농사 일이
많지만 어제부터 다시 책을 읽을 수 있는 시간
이 나네요.
檀紀 4347. 6.14
최 성 현拜

'아기 이야기를 큰 귀로 들어라'는 말
씀에 공감합니다. 저에게도 벌써
부터 그런 생각이 있었습니다. 만
가지 일을 제쳐 놓고 아이와 함께
하며 아이가 보여주는 세계를 볼
것. 다시 얻을 수 없는 기
회를 놓치지 말 것. 이런 제 안의
목소리가 있었습니다. 하지만 따
르지 않았습니다. 그리고 아이는
벌써 초등학생이 되었습니다. 아
이가 학교에 다니며, 저는 또 저
대로 일이 있어 점점 더 함께
있는 시간이 줄어들고 있습니다. 하
나 못 건지고 좋은 시절을 보내
버리고 말 것 같아요. 이대로 가다간
아이는 모든 어른의 큰 모범입니
다. 어른은 아이에게 배워야 합
니다. 아이는 정말 잘 삽니다.
생태 영성 어린이집의 아이들이
3~5살이라면 모두 천상계의 아이들입
니다. 거기 가서 佛로 살고 싶네요.
4347. 9.23
최 성 현拜

최성현 에세이

오래 봐야 보이는 것들

초판 1쇄 인쇄 | 2016년 3월 29일
초판 1쇄 발행 | 2016년 4월 8일

지은이 | 최성현
편 집 | 이양훈
디자인 | 홍상만(neoikk)
펴낸이 | 박옥희
펴낸곳 | 도서출판 인디북

등록일자 | 2000년 6월 22일
등록번호 | 제 10-1993호
주소 | 서울시 마포구 마포대로 11나길 6(염리동) 2층
전화번호 | 02) 3273-6895~6
팩스번호 | 02) 3273-6897
e-mail | indebook@hanmail.net

ISBN 978-89-5856-145-3 (03810)

「이 도서의 국립중앙도서관 출판예정도서목록(CIP)은 서지정보유통지원시스템 홈페이지(http://
seoji.nl.go.kr)와 국가자료공동목록시스템(http://www.nl.go.kr/kolisnet)에서 이용하실 수 있
습니다.(CIP제어번호: CIP2016003124)」

•잘못 만들어진 책은 구입처나 본사에서 바꾸어드립니다.
•책값은 뒤표지에 있습니다.